Märchen im Spiegel der Wahrheit

Halina Monika Sega

Blaulieschens
Märchenfantasiewelt

Gegensätze

Dunkelheit ist die Abwesenheit von Licht.
Böse ist die Abwesenheit von Gut.
Tod ist die Abwesenheit von Leben.
Ohne die Gegensätze existiert Chaos.
Chaos ist das Gegenteil von Ordnung.
Nichts existiert dort ohne Schöpfungsgeist.

Widmung

Gewidmet ist dieses Büchlein allen, die die Wahrheit suchen und sie erkennen, für sie einstehen, sie verteidigen, obwohl sie verschmäht, verunglimpft, verfolgt und finanziell ins Aus befördert oder getötet werden.

Märchen
im Spiegel der Wahrheit

Halina Monika Sega

Blaulieschens
Märchenfantasiewelt

Bibliografische Information der Deutschen Nationalbibliothek:

Die Deutsche Nationalbibliothek verzeichnet diese Publikation in der Deutschen Nationalbibliografie; detaillierte bibliografische Daten sind im Internet über http://dnb.dnb.de abrufbar.

Autorin: Halina Monika Sega
Korrektorat: Dieter Sega
Lektorat: Elvira Müller-Freitag
Zeichnung: Lucy Riku
Cover: Hexana Studio

Herstellung und Verlag: BoD – Books on Demand, Norderstedt

ISBN: 9783755794868

Vorwort

Ich mochte Märchen schon seit meiner Kindheit. Mein Interesse wurde aber so richtig geweckt durch meinen Sohn Dominic, der in der Grundschule das Märchen *„Rotkäppchen"* mit eigenen Worten niederschreiben sollte. Dies veranlasste mich es ihm gleich zu tun. Mein Feuer für Märchen wurde so richtig entfacht. Danach folgte mein Theaterstück *„Das Märchen von X"*, welches 2009 Premiere auf der Bühne in Gladbeck feierte. Durch meine Lesepatenzeit entdeckte ich beim Vorlesen von klassischen Märchen, dass ich ein eigenes Märchenbuch herausbringen möchte. So entstand *„Blauelieschens Buch der Märchen"*, welches ich 2017 veröffentlichte. Da ich es bis heute einfach nicht lassen kann ist jetzt das Buch *„Märchen im Spiegel der Wahrheit"* entstanden.

Märchen lassen immer meine Fantasie kreisen und ich kann mir eigene Geschichten ausdenken, wie es mir gefällt. Dabei lasse ich mich auch oft von bestehenden Märchen inspirieren und erschaffe so ähnliche Märchen, die an den Ursprung erinnern, aber trotzdem ihren eigenen Raum der Handlung umspannen. Aber natürlich bringe ich auch ganz eigene Märchenideen zu Papier.

Ebenso fasziniert es mich, dass man gerade im Medium Märchen Wahrheiten und Tugenden unverblümt darstellen und auf dieser Weise der Gesellschaft den Spiegel vorhalten kann. Dabei gelingt es spielend auf Missstände und Ungerechtigkeiten aufmerksam zu machen und anzuprangern. Der eine oder andere erkennt sicher, wie viel Wahrheit tatsächlich in all den Märchen verborgen scheint.

Lasst euch überraschen und mitnehmen auf meine erneute Märchenreise …

Eure … Halina Monika Sega, Januar 2022

Im Spiegel der Wahrheit

*V*iele, viele Jahrhunderte zuvor, bevor überhaupt die *Feen-herrscherin Blaulieschen* den blauen Thron bestieg, oder es einfach hieß: Es war einmal, ereignete sich dieses unbeschreibliche Geschehen in der Märchenwelt. Es beinhaltete zahlreiche atemberaubende Wälder, Seen und Berge in den prachtvollsten Farben. In diesem wunderbaren Zauberland lebten die märchenhaften Bewohner friedlich und in Freiheit mit Elfen, Feen, Kobolden, Zwergen, und Riesen nebeneinander. Es gab nie Zank oder Streit zwischen den unterschiedlichen Völkern, und man feierte gemeinsam rauschende Feste. Glückliches Lachen der Märchenwesen schallte aus allen Himmelsrichtungen.

Doch irgendwann und irgendwie begann das dunkle Zeitalter, weil eine böse, schwarzmagische Hexe aus dem Hexenreich sich als mächtigste ihrer Zunft mausern wollte. Sie hatte genug, dass der *Rat der Ältesten* ausgerechnet sie ausgestoßen und vertrieben hatte. Nur, weil sie sich nicht der weißen, sondern der schwarzen Magie verpflichtet fühlte. Daher entschied sie sich aus gekränkter Eitelkeit ihren Schwestern zu beweisen, dass sie die Mächtigste aller im Reich sei, und ihr allein der Thron zustünde und nicht der amtierenden Hexenkönigin *Dorothea von Schlussstein* mit ihrer rückenlangen pinken Frisur.

Ihr dunkelrotes schulterlangen Haar strahlte im Sonnenlicht und fiel bei ihrem schwarzen Gewand richtig auf, während sie mit ihren Händen die verräterische Raute bildete, welcher sie ihren Namen *Rautenhexe* verdankte. Dadurch rief sie ihren Gebieter Rumpelstilzchen an, um sich mit ihm zu treffen. Nach seinem Erscheinen heckten sie gemeinsam den Plan aus, die Märchengestalten zu unterjochen. Den beiden Widersachern waren seit langem diese glücklichen und friedvollen Märchengestalten ein

Dorn im Auge. Sie planten alle Märchenbewohner zu einer gewaltigen, finsteren, hirnlosen Armee zu verdammen, damit sie endlich ihre Schwestern zur dunklen Seite zwingen und Dorothea den Thron streitig machen konnte, um überall als Königin zu herrschen im Namen ihres Gebieters.

Als Besiegelung der Vereinigung schenkte Rumpelstilzchen ihr einen Zauberspiegel, der nur ihren Befehlen zu gehorchen hatte. Dankbar nahm sie diesen entgegen und küsste ihn. Dieser gab erst seine wahre Größe preis, wenn sie ihn an eine Wand befestigen würde. Sie steckte ihn in ihren Ausschnitt, bestieg ihren Hexenbesen und hob Richtung Märchenland ab.

Zufällig traf sie auf ihrem Flug auf eine nicht schimmernde Elfe, die verbittert war, da sie weder bei ihrem Volk noch bei den Feen leben durfte. Sie war seit ihren Kindertagen nur auf ihren eigenen Vorteil bedacht und log wie gedruckt. Dies ging so lange gut, bis die Feenherrscherin Miriam sie überführte und aus dem Feenreich verbannte. Deshalb wohnte sie bei den Zwergen, die sie aber genauso wenig akzeptierten. Voller Hass riss sie aus und freundete sich sofort mit der Rautenhexe an, denn gleiches Gesindel gesellt sich gern.

Doch die Rautenhexe lud sie nur auf ihren Besen ein, um sich in ihr Vertrauen zu schleichen. Kaum saß ihre neue Verbündete auf dem Besen ging die Reise los.

Endlich unbemerkt im Märchenland gelandet, verhexte sie sofort die Elfe in ihren Rabenanführer. Sein unerträglicher Gesang lockte noch mehr verhexte Raben aus dem Hexenreich in die Märchenwelt hinein. Dort gründete sie ihre geheime Rabenarmee, welche ihr nicht mehr von der Seite wich und auch über die Kunst sich unsichtbar zu machen verfügte. Inzwischen wechselte sie ihre Kleidung zur Tarnung und verbarg ihren schwarzen Hexenhut in einem Weidenbusch. Sie legte ihr Gewand ab, zündete es an und hexte sich ein dunkelrotes, wallendes Kleid herbei.

Dann täuschte sie die Feen und die Kobolde und erzählte, dass sie von brutalen vierzig Räubern verfolgt wurde und hier Schutz suchen musste. Von den Riesen hielt sie sich erst einmal fern, weil sie so unfreundlich ihr gegenüber auftraten. Doch sie säte Zwietracht zwischen dem Koboldkönig Leopold und der Feenherrscherin Miriam, indem sie sich in ihre Amtsgeschäfte einmischte, während sie sich als Wahrsagerin zu erkennen gab und den beiden aus der Hand las.

Sie überzeugte schlussendlich Leopold, dass die Feenherrscherin Krieg zwischen ihren beiden Völkern wollte, um sich sein Gebiet unter den Nagel zu reißen und ihn gleichzeitig zu entmachten. Leider glaubte er dieser hinterhältigen Lüge und entzweite sich von Miriam, obwohl sie schon als Kinder zusammenspielten und eine glückliche Zeit mit viel Gesang und Tanz gemeinsam verbrachten.

Doch die betrügerische Rautenhexe hatten den Koboldkönig so becirct, dass er nur noch ihr glaubte und vertraute. Sie machte ihm schöne Augen und heuchelte ihm wahre Liebe vor, welche sie für ihn angeblich empfand. Um ihre Macht über den Koboldkönig noch zu verstärken, sammelte sie heimlich Kräuter im *Märchenwald der Sinne*, die einer Droge nahekam. Dafür benötigte sie noch nicht einmal den Quacksalber, welchen sie bereits heimlich herbei gehext hatte, während Leopold tief und fest schlief und von ihr träumte. Dadurch war er ihr noch mehr hörig und las ihr jeden Wunsch von den Augen ab, obwohl er so allen Kobolden Schaden zufügte und sie sogar unwissend hintergangen hatte. Er schenkte ihr die teuersten Juwelen und die wertvollsten Gewänder, um sie jeden Tag mehr zufriedenzustellen.

Als liebeskranker Trottel unterwarf er sich ihren zahlreichen Wünschen und machte ihr sein Koboldvolk zum Geschenk, als sie ihm vortäuschte ihn zu verschmähen, weil ihr das dunkelgrüne Gewand nicht richtig gefiel. Sie wollte nur noch goldene Gewänder tragen, als Zeichen ihres Standes in seinem Königreich. Daraufhin befahl Leopold, dass der Schneider neue Kleidung nur in Gold für sie entwarf und schneiderte, welche sie dankend annahm und sie dann dem Koboldvolk mit Hochmut präsentierte.

Im allem hatte die Rautenhexe ein leichtes Spiel und es gelang ihr schließlich, die zauberhafte und ehrliche Feenherrscherin aus seinem Herzen zu verbannen und sie zeitweise sogar völlig zu vergessen. Der Koboldkönig hang nur noch an ihren Lippen und war stets müde durch die Hexentränke, welche sie ihm gewissenlos eintrichterte. So übergab er ihr schließlich alle Amtsgeschäfte seines Reiches, weil er sich immer schwächer und kränklicher fühlte. Deshalb wurde die Rautenhexe immer mächtiger und mächtiger und erpresste die anderen Kobolde, nur noch ihren Befehlen zu gehorchen. Sie lehnten sich zuerst auf und wehrten sich gegen die neue Herrscherin, die es sich längst auf dem Thron des Koboldkönigs breit machte. Hämisch lachte sie ihren Gegnern dreckig ins Gesicht und verunglimpfte sie überall schrecklich. Dabei manipulierte und erpresste sie ihre Untertanen schamlos und nutzte sie unverschämt aus. Wer sich gegen sie stellte, wurde heimlich durch ihre unsichtbare Rabenarmee bespitzelt und anschließend verraten. So konnte sie rechtzeitig handeln und ihre Feinde schnell entlarven und wegsperren.

Inzwischen hatte sie sich mit den Riesen verbunden und einen Pakt geschlossen. Sie überzeugte die riesigen Kerle, dass die Kobolde gegen ihren gutgläubigen Herrscher rebellierten, weil sie eifersüchtig waren und ein Keil zwischen alle friedliche Völker im Märchenland rammen wollten. Für diese Schmach sollten die Riesen diese feige Koboldbande in Angst und Panik versetzen, umso leichter die Proteste und die daraus hervorgehende Revolution gezielt aufzuhalten.

Aber dies alles entging der Feenherrscherin Miriam nicht, denn die Riesen berichteten ihr davon, um von ihr zu erfahren, ob das die Wahrheit wäre. So plante Miriam an Leopold heranzutreten und zu fragen, ob diese neue Amtsleiterin in seinem Namen handelte. Doch in der Zwischenzeit sprach es sich herum, dass der Koboldkönig nicht mehr ansprechbar war. Sie flog heimlich zu ihm in die Burg und stellte dabei entsetzt fest, dass er sich in einem todesähnlichen Schlaf befand. Verzweifelt zermarterte sie sich ihren Kopf, wie sie ihn aus diesem unnatürlichen Schlaf erwecken konnte. Doch, bevor sie dazu kam, funkte ihr die Rautenhexe dazwischen. So kroch Miriam vorsichtshalber unter das Bett des Koboldkönigs und belauschte ihre Gegnerin. Ihre Widersacherin tapste um Leopolds Bett und lachte hexenmäßig. Dabei erfuhr sie, dass sie alle Kobolde und Feen verdummen wollte, um über sie zu herrschen wie über Sklaven. Leopold wollte sie sogar hinrichten lassen, weil sie plante ihm ihr verachtendes Verbrechen in die Schuhe zu schieben. Beunruhig bekam Miriam mit, wie sie sich mit dem Quacksalber traf und er sie bei der Verdummung der Märchengestalten unterstützen sollte. Sie beauftragte ihren Verbündeten, eine Mixtur zusammenzubrauen, um es den Märchenbewohnern einzuflößen. Die Rautenhexe wollte es später als Waffe gegen ihre verhassten Untertanen verwenden.

Nachdem der Quacksalber seine Unterstützung bestätigte, brüllte sie nach dem allglatten Rattenfänger, der immer schmutzige Aufträge für sie tätigte, die sonst keiner freiwillig erledigte. Da ihr Gebrüll, welches nur er außerhalb der Burg kilometerweit in seiner Höhle im Märchenreich hörte, kam er geschwind zu ihr geritten. Keiner bemerkte ihn und er schlich heimlich zu ihr. Er versprach ihr, sich um die Kinder der Kobolde und Feen zu kümmern und sie von ihren Eltern zu trennen. Der Rattenfänger sollte die schwächsten der Gesellschaft mit seiner betörenden Flöte in eine Falle locken. Dann könnte er die Kleinen direkt in den Untergrund führen, wo sie sich verliefen und nie mehr das Tageslicht erblicken sollten. Währenddessen wollte die Rautenhexe den Befehl erteilen, dass sich niemand mehr ohne einen Knebel im Mund in der Öffentlichkeit zeigen durfte. Dies würde verhindern, dass die Kobolde ausplauderten, dass die Kinder vermisst wurden. Sollte sich jedoch jemand widersetzen, würde der Rebell sofort seinen Kopf verlieren.

Also wartete die schlaue Feenherrscherin geduldig ab, bis alle das Gemach des Koboldkönigs verließen. Trotzdem musste Miriam schweren Herzens ihren Jugendfreund schlafend zurücklassen, um die Feen und Kobolde gleichermaßen vor der Rautenhexe und ihren bösen Machenschaften zu warnen.

Doch leider schöpfte die Verräterin Verdacht, denn ihre Raben, welche längst unsichtbar im Burghof wie befohlen kauerten, beobachteten die Flucht der Feenherrscherin und verfolgten sie bis in den dichten Märchenwald. Der Rabenanführer blieb zurück und informierte seine Gebieterin, dass sie unerwünschten Besuch von der Feenherrscherin in der Koboldburg hatte. Er wusste jedoch nicht zu beantworten, ob sie bei König Leopold vorstellig wurde.

Diese Neuigkeit ließ die Rautenhexe vor Wut kochen und fluchen. Sie beschloss aus lauter Hass die Feenherrscherin zu töten. Dabei wollte sie sich aber die Hände nicht schmutzig machen. Darum gab sie dem Rabenanführer den Befehl, Miriam persönlich die Augen auszupicken und sie dann so lange zu jagen, bis sie in den Tod stürzen würde, obwohl sie einmal über Flügel verfügte. *Aber was sollen ihr die Flügel noch nutzen, wenn man sie ihr vorher abreißen würde*, kam es ihr in den Sinn, und sie lachte ausgiebig nach Hexenart.

Nachdem der Rabenanführer wegflog, um die Feenherrscherin zu jagen und sich seinem Rabenschwarm anschloss, schlich sie in ihr geheimes Gemach im Turm. Sie steuerte ihren treuen, runden, goldgerahmten Spiegel mit lauter Rubinen besetzt an der Wand an, der dort in seiner vollen Größer hing und rief vergnügt: *„Spieglein, Spieglein an der Wand, zeig mir die Wahrheit im Märchenland!"*

„Wie Sie befehlen, liebste Gebieterin!", säuselte der Spiegel schmeichelnd. Als sie seine Antwort hörte, starrte sie wie besessen in ihren Wandspiegel. Augenblicklich bildete sich in seinem Inneren grauer Rauch und vernebelte ihr die Sicht zu ihrem Spiegelbild.

Da es ihr nicht schnell genug ging, brummte sie verächtlich, nahm ihre Hände in den Schoß, erzeugte damit ihre altbekannte Raute und vollzog schließlich eine Auf- und Abbewegung. Endlich lichtete sich der Rauch und sie sah, wie Miriam ihre Schwestern im Feenreich informierte und die Wahrheit preisgab, die der Rautenhexe so missfiel, dass sie erneut vor Wut kochte und nach Ritter Volker brüllte.

Der muskulöse Ritter im silbernen Kettenhemd kam schwer bewaffnet angerannt und verbeugte sich tief vor ihr. Ohne zu zögern, befahl sie ihm, die Feenherrscherin mundtot zu machen, da die Raben sie noch nicht getötet hatten. Leider war ihr die Flucht ins Feenreich gelungen. Feinster Feenstaub schwebte dort überall in der Luft. Deshalb konnten die Raben die Grenze ins Feenreich nicht überfliegen, ohne selbst Schaden zu nehmen. Sie würden einfach vom Himmel stürzen und so ihre Existenz beenden, weil die Rautenhexe sie herzlos zum Rabendasein verhext hatte.

Befehlerisch verlangte sie von den Riesen, den Knebelzwang durchzusetzen, damit wirklich keiner den *Virus der Wahrheit* verbreiten konnte, bevor der Quacksalber tatsächlich seine Mixtur erschuf, die sie dann den Kobolden eintrichtern wollte.

Die Riesen gehorchten und zwangen jedem Kobold den Knebel auf. Das gleiche Schicksal sollte auch den Feen blühen, damit sie den *Virus der Wahrheit* nicht doch noch an die Zwerge und Elfen kommunizieren konnten. Inzwischen holte sich der Rattenfänger unbemerkt die Kinder der Kobolde, die er in die uralten Höhlen führte, da sie dem Ruf der Flöte unbedacht folgten.

Dies alles zeigte ihr der Spiegel. Somit ging sie davon aus, dass sie die Siegerin war und nun alle Märchenwesen zu Sklaven verdammte. Ungeduldig wartete sie auf den Quacksalber, dem es endlich gelungen war, eine Mixtur zu kreieren, um ihr die totale Macht über die Kobolde und Feen zu verschaffen.

Sie überlegte es sich anders und gab ihm den Befehl den Kobolden selbst diese besondere Medizin mit Unterstützung der Riesen einzuflößen. Der Quacksalber musste hoch und heilig schwören, nicht eher zu ruhen, bis jeder Kobold die Mixtur eingenommen hatte. Nur so würde man endgültig den *Virus der Wahrheit* für immer vernichten, bevor er sich noch bei ihnen ausbreitete und ihre Macht gefährdete.

Anschließend sollte der Quacksalber mit den Feen das gleiche vollziehen, denn er brauchte sich nicht mehr vor der Feenherrscherin zu fürchten. Die Rautenhexe belog ihn hinterhältig, dass der Ritter längst Miriam um die Ecke gebracht hatte, bevor er selbst das Feenreich erreichte. Der Quacksalber tat alles was sie verlangte, denn überhaupt schuldete er ihr noch einen dämlichen Gefallen, weil sie ihn nicht beim Koboldkönig verraten hatte, dass er zum wiederholten Male verunreinigte Medizin herstellte und kein Heiler, sondern ein waschechter Giftmischer war. Nur so meinte sie, konnte er seine Schuld abarbeiten und dann frei wie der Wind sein. Auch diese Lüge glaubte er ihr, obwohl sie ihm niemals seine Freiheit zurückgeben würde.

Als der Quacksalber ihr Gemach im Turm verlassen hatte, rief sie wieder in den Spiegel: *„Spieglein, Spieglein an der Wand, zeig mir die Wahrheit im Märchenland!"*

„Wie Sie befehlen, geliebte Gebieterin!", antwortete er wieder, während sich die Prozedur wiederholte. Dabei grinste sie hinterhältig. Plötzlich jedoch riss sie entsetzt die Augen auf, als sie die lebendige Feenherrscherin ausmachte, und hörte, wie Miriam die geknebelten Kobolde über ihre Machenschaften informierte. Ihr Grinsen erstarb, während sie weiter beobachtete, wie die aufgebrachten Kobolde zornig ihre Knebel aus den Mündern rissen. Sie entzündeten ein Lagerfeuer und verbrannten alle Knebel mit Siegesrufen. Dann brachten sich die Kobolde in Sicherheit und versteckten sich im Märchenwald bei den Zwergen hinter den sieben Bergen. Dies geschah, noch bevor der Quacksalber sein Ziel erreichte und keinen der Kobolde mehr antraf.

Wütend kratzte die Rautenhexe mit ihren superlangen Fingernägel über den Spiegel. Sofort breitete sich quer über ihn ein Riss aus und er splitterte. Keine Sekunde später flogen ihr zahlreiche Splitter entgegen und bohrten sich tief in ihre Hände. Sie schrie vor Schmerzen. Blut tropfte aus ihren vielen Schnittwunden über ihr feines goldenes Seidenkleid. Verärgert grunzte sie und ihr Gesicht ähnelte einer Maske aus Pein. Gleichzeitig vernahm sie hinter sich ein Geräusch und wandte sich erbost um. Sie traute ihren Augen nicht, als sie Ritter Volker erspähte. Er schwang mit beiden Händen sein Schwert. Sie stieß einen Entsetzensschrei aus, als ihr die Gefahr bewusst wurde. Davon ließ sich der Ritter nicht abbringen und rief: *„Dein Ende, Rautenhexe! Wer anderen eine Grube gräbt fällt selbst hinein, denn Hochmut kommt immer vor dem Fall!"*

Panisch riss sie die Hände hoch und fuchtelte wild vor ihrem Gesicht herum, um ihn so abzuwehren. Unbeeindruckt köpfte er sie mit einem Hieb, während ihr Kopf vor seinen Füßen landete und ihr Rumpf zur Seite kippte. Denn die Verräterin wusste nicht, dass der Ritter ein treuer Freund der Feenherrscherin war und ihr seit Jahren vertraute. Deshalb half er ihr die Koboldkinder zu befreien. Den Rattenfänger nahm er gefangen und drohte ihm an, sollte er jemals zurückkehren, würde er ihn den Wölfen zum Fraß vorwerfen. Anschließend vertrieb er ihn mit seinem schwingenden Schwert aus dem Märchenland. Da nahm der Schurke sofort seine Beine in die Hand und ward nicht mehr gesehen. Auch die Raben hatten das Märchenland mit unbekanntem Ziel verlassen. Jetzt fehlte nur noch der Quacksalber. Ihn wollte er auch noch zur Strecke bringen. Er sollte dann seine gesamte Mixtur selbst trinken. *Schließlich wird er nicht mehr wissen, wer und was er ist.* Bei diesem Gedanken musste Volker schmunzeln. Auch erzählte Miriam ihm, dass sie mit den Riesen verhandeln wollte, um ein Friedensabkommen mit ihnen zu schließen. Doch zuvor schickte sie noch die Zwerge zu der Hexenkönigin, um sie über alle Ereignisse der letzten Wochen zu informieren. *Super, sobald Dorothea Bescheid weiß, wird der Koboldkönig erweckt, um ihm alles zu berichten, was sich in seinem Reich zugetragen hat, während er von dieser verräterischen Rautenhexe in den Tiefschlaf versetzt wurde*, dachte der Ritter gutgelaunt und pfiff ein fröhliches Lied.

Gesagt, getan! Am Abend gab es in der Koboldburg ein riesiges Freudenfest, und König Leopold saß endlich wieder auf seinem Thron, nachdem ihm die Feenherrscherin Miriam mit einem Kuss der wahren Liebe erweckte. Alle Märchengestalten einschließlich der Hexenschwestern tanzten vergnügt und sangen Siegeslieder über die bezwungene schwarzmagische Rautenhexe.

Dafür ärgerte sich Rumpelstilzchen maßlos und entwich kreischend und stampfend vor Wut ins weit entfernte Dunkelelfenreich.

Aber die Feenherrscherin saß neben dem Koboldkönig. Der bereits gefangen genommene Quacksalber trank, gezwungen durch den Ritter, seine komplette eigene Mixtur. Er lief von da an als verwirrter Narr herum und brachte alle Anwesenden mit seinen dummen Späßen zum Lachen.

In derselben Nacht heirateten die beiden Herrscher und konnten sich vor den Glückwünschen des Märchenvolkes kaum noch retten. Seit dieser Hochzeit herrschte im Märchenland nur noch Freude, Liebe, Wahrheit, Frieden und Freiheit. Ja gewiss, und wenn sie alle nicht gestorben sind, dann feiern sie ihren Sieg, ihre Freiheit und ihr Glück bis zum heutigen Tage.

Rotschrat

*E*s war einmal vor langer, langer Zeit ein außergewöhnliches Wesen im wunderbaren Land der Einhörner. Dort trottete ein grünäugiges Einhorn mit rotem Fell durch den dicht verwucherten *Märchenwald der Sinne*, dessen Bäume hoch hinauf in den Himmel ragten. Seine Blätter wiegten sich im Wind, wenn er stark durch ihre Äste blies.

Jeder im *Märchenwald der Sinne* nannte ihn *Rotschrat*. Aber es fiel ihm auch kein besserer Name ein. *Vielleicht ging Querkopf*, dachte er angestrengt. *Ach, was!* Deshalb wehrte er sich nicht und gestattete missmutig den anderen Einhörnern, ihn so zu rufen.

Er war wie ein roter Faden, da er die Unterdrückung der Obrigkeit anprangerte und dazu ein mächtiger Dickkopf in ihm wohnte. Deshalb war er dem Hofstaat der Einhornallianz ein Dorn von Anfang an im Auge, da er sich über die unangemessene Regentschaft lauthals beschwerte. Nur, weil er die Unterdrückung und die Gängelung aller Einhörner nicht länger ertragen konnte, die nicht zur ausgewählten Allianz gehörten. Rotschrat rückte von seiner Meinung nicht einen Millimeter ab und beschwerte sich täglich vor dem Palast.

Das nahm die auserkorene Sippschaft nicht hin, denn sie machten sich hochnäsig über sein Aussehen lustig, wenn sie ihn seine kritische Meinung lispeln hörten. Sie duldeten sowieso keinen Widerspruch in ihrem Palastgebiet. Allein ihre Meinung zählte, weil es der Anführer so bestimmte und verboten hatte anders zu denken als er selbst. Schließlich war er der gekrönte Lord aller Einhörner und jeder hatte sich seinem Willen widerstandslos zu beugen.

Das tat Rotschrat nicht und erhob seine Stimme über die Ungerechtigkeiten, unter denen alle im Land leben mussten. Das reichte, und eine Herde schwarzer Einhörner jagte ihn wie einen räudigen Hund vom Hof des Palastes.

Da er ein einfühlsames Herz besaß und für die Wahrhaftigkeit und Ehrlichkeit einstand, schreckte es ihn nicht ab und er ließ es nicht zu, ihn mundtot zu machen, auch wenn er so keine Freunde fand bei seinem Volk. Wo er auch auftauchte, wurde er für seine Anprangerung der ungerechten Zustände bekämpft und wegen seinem Aussehen belächelt, beschimpft sowie mit Steinen beworfen.

Missmutig durchstreifte Rotschrat den *Märchenwald der Sinne*, wo die Sonnenstrahlen vereinzelnd durch die Bäume hindurchschimmerten, bis er den Feenteich mitten in der Waldlichtung erreichte. Dabei drosselte er sein Galopp und stoppte, noch bevor seine Hufen in den halbleeren Teich eindrangen. Rotschrat starrte ins glasklare Wasser, wo er sich herrlich spiegelte.

Seufzend betrachtete er seine Spiegelung von unten bis oben. Traurigkeit brach über ihn herein wie eine gewaltige Welle, die ans Meeresufer schlug. Er war so unglücklich, weil sein Spiegelbild ihm die Wahrheit offenbarte, die er längst ahnte, weil er so anderes ausschaute als seine Schwestern und Brüder.

Rotschrat war hässlich und dick, auch widersprach sein Erscheinungsbild der Vorstellung eines perfekten Einhorns auf voller Line. Deshalb sprach *der innere Kreis* ihm die Einhorn-Zugehörigkeit ab. So machte er sich ebenfalls nur Feinde, und überall beschimpfte und verunglimpften ihn die anderen als Aussätzigen seiner Gattung. Seine Aufsässigkeit brachte ihm den Ruf eines Miesepeters ein, obwohl er doch nur Glück und Liebe verbreiten wollte. Aber seine Artgenossen verstanden nicht, dass er nur die Unterdrückung anprangerte und abzuschaffen plante.

Ihm war es ebenso nicht vergönnt zu glitzern wie alle anderen seiner Art, die durch das Märchenland trabten. Genauso wenig verfügten seine dunkelgrauen Hufe über Sternenstaub, um Spuren im Erdreich zu hinterlassen, damit jedes Märchenwesen wusste, dass ein Einhorn vorbeigeritten kam.

Besonders erniedrigend fand er jedoch, dass er unfähig war einen Glitzerpups abzusetzen, der jeden fröhlich stimmte, sobald man ihn roch. Es zauberte sofort beim Märchenvolk ein Lächeln auf die Lippen und all ihre Sorgen lösten sie ins Nichts auf.

Doch was hatte er zu bieten? Nichts, außer seinem roten Erscheinungsbild und seine Meinung über die ungerechte Regentschaft des Anführers seiner Gattung. Seine Artgenossen kamen ihm vor, als ob sie in einer rosaroten Blase lebten und nicht fähig waren die Wahrheit der Unterdrückung zu erkennen.

Kein Wunder, dass er die Tränen nicht mehr zurückhalten konnte, die nicht wie bei seinen Volk als schimmernde Glasperlen herausflossen. Eher sahen sie aus wie ein milchiger Fluss, der über seine Wangen rang. Er verfügte auch nicht über die Macht dies zu unterbinden, und so vereinigten sich seine zahlreichen Tränen mit dem Feenteich. Er vergoss so viele von ihnen, dass das Wasser beinahe über das Ufer trat.

Was Rotschrat nicht wusste war, dass dies die Feenherrscherin Blaulieschen herbeirief. Sie schwebte über den Teich, schwang ihre glitzernden blauen Flügel und setzte neben dem roten Einhorn auf. Ihr blaues, welliges Haar tänzelte bei jeder ihrer Bewegung und der Wind wehte leicht hindurch.

Ihre Ankunft blieb Rotschrat nicht verborgen und er hob den Kopf, blickte ihr verwundert in die himmelblauen Augen und wieherte: *„Entschuldige, dass ich dich störe. Ich wusste nicht, dass ich hier nicht allein bin."*

Blaulieschen musterte das Einhorn und berührte es mit ihrer flatternden Flügelspitze am Horn, welches perfekt zwischen den Augen seinen Platz fand. Augenblicklich leuchtete es im rötlichen Schein. Elektrisiert fuhr er zusammen, duckte sich und meinte: *„Danke Blaulieschen, jetzt leuchte ich wie eine Taschenlampe oder wie das Rentier Rudolf vom Weihnachtsmann."* Trotzdem verbesserte sich seine Laune nicht. Denn wieder verließen Tränen seine grünen Augen, die den Weg plätschernd in den Teich fanden.

Blauelieschen verzog besorgt ihr Gesicht, als sie ihn beobachtete. *„Ich wollte dir eine Freude bereiten, Rotschrat. Aber anscheinend war meine Bemühung nicht ausreichend. Was wünschst du dir, damit du wieder glücklich bist und auch dieses Glück weiterreichen kannst? Jedes Märchenwesen braucht Glück, und das nicht nur zu Silvester, sondern über das ganze Jahr verteilt."*

„Ach, Blauelieschen, ich weiß es selbst nicht", seufzte er tief und blickte ihr wieder in die Augen. *„Vielleicht bin ich auch nur zu eitel und mit nichts zufrieden. Von meiner großen Klappe ganz zu schweigen. Aber ich bin das einzige Einhorn das nicht als solches zu erkennen ist. Mir fehlt alles was unsere Gattung ausmacht. Außer das Horn, das jetzt rot leuchtet!"*

„Das würde ich nicht so unterschreiben. Du hast ein gutes Herz, das vor Liebe nur so sprießt. Dazu kannst du niemanden eine Bitte abschlagen, auch wenn sie dich schlecht behandeln. Selbst deine Hilfsbereitschaft kennt keine Grenzen, wenn sie dich machen lassen. Ebenso sprichst du nicht mit gespaltener Zunge wie dein Anführer und seine Vertrauten. Deine Unschuld ist genauso makellos. Also, die Tugenden der uralten Einhörner wohnen in dir."

„Mag wohl sein!", knirschte er und wieherte: *„Leider kann ich keiner Märchenseele Freude oder Glück schenken. Noch nicht einmal ihre Augen für die Wahrheit öffnen gelingt mir. Dafür fehlt mir die besondere Magie unserer Gattung, weil ich keinen Glitzer selbstständig erzeugen kann, um sie über alle zu streuen, damit sie endlich ihre Unterdrückung durch unseren Anführer erkennen und selbständig beseitigen!"*

Blauelieschen schaute ihn an, seufzte und überlegte und überlegte, bevor sie antwortete: *„Wenn es nur das ist, dann kann ich dir wohl weiterhelfen."*

„Wie denn? Soll ich mir den Glitzer herbeiwünschen, der nur vererbt wird? Oder was schlägst du stattdessen vor, beste aller Feenherrscherinnen, die je den Thron bestiegen haben?"

„Es gibt einen Grund, warum du dich so von den anderen Einhörnern unterscheidest und erkannt hast, was gespielt wird", wisperte sie und schlug wieder mit ihren Flügeln, hob kurz vom Boden ab, während sie ihren strahlenden Feenstab aus ihrem blauen Zickzackgewand hervorzog.

„Ich dachte, ich wäre eine Laune der Natur, die mich verspotten wollte", brummte Rotschrat, während endgültig sein Tränenfluss versiegte, bewirkt durch die geschenkte Magie der Leuchtkraft des Horns.

„Nein, du bist auserwählt vom Orakel! Rotschrat, das Orakel wünscht sich schon seit langem einen neuen Glücksbringer für besondere Märchenbewohner, die es verdienen, beschützt und gleichzeitig vom Glück geküsst zu werden."

„Aber ich bin hässlich und fett, also weitab vom Schönheitsideal, welchem die meisten nachjagen. Dann kann ich meinen Mund nicht halten und plaudere die Wahrheit schonungslos heraus, die der Anführer im Verborgenen versteckt, um sie zu verschleiern. Wie kann ich da ein Glücksbringer sein? Nur, weil jetzt mein Horn rot leuchtet? Das glaube ich nicht!"

„Ach, lieber Freund, Schönheit ist vergänglich und zerbrechlich wie der Stiel einer Rose. Was nützt dir all das Äußere, wenn dein Herz verlogen und gefühlskalt ist? Nein, Rotschrat, deine Bestimmung ist es, allen ein Lächeln auf die Lippen zu zaubern, um ihnen Glück zu bringen. Dazu die Unschuld der reinen Seele zu bewahren und Unheil von ihnen fernzuhalten. Selbstverständlich auch um ihnen die Augen für Ungerechtigkeit und Unterdrückung zu öffnen und somit deinen Schwestern und Brüdern die Freiheit des Geistes zu schenken!"

„Soll ich etwa zum Glücksschwein werden? Oder zum Schutzengel mutieren? Besser mich noch zum Freiheitskämpfer mausern?", empörte sich Rotschrat, und leuchtete viel rötlicher als noch vor wenigen Augenblicken.

„Diese Jobs sind doch längst vergeben", beruhigte die Feenherrscherin ihren Gegenüber. „Aber dich, mein Lieber, sollen alle

Märchengestalten als ihren Glücksbringer und Retter erkennen. Dann werden sie befreit sein", ließ Blaulieschen weiter zuckersüß verlauten.

„Was hast du vor?", konnte Rotschrat sich nicht zurückhalten zu fragen, während er die Feenherrscherin anglotzte, als ob sie das siebte Weltwunder symbolisierte, während sie mit ihrem bläulichen Feenstab auf ihn deutete.

Noch nicht einmal einen Wimpernschlag später wurde Rotschrat in gleißendes blaues Licht getaucht, und sein Erscheinungsbild veränderte sich. Sein Kopf wurde runder und platter und seine Nasenlöcher schmäler. Seine runden Schlappohren verformten sich zu aufrechtstehenden spitzförmigen Ohren. Die rote, gelbe, graue Mähne verschwand gänzlich. Sein Schweif verkürzte sich und verwandelte sich in ein Ringelschwänzchen. Gleichzeitig entstanden am Rücken links und rechts Flügel wie bei einem Engel. Sogar die Hufen verkleinerten sich und aus dem roten Fellkleid wurde jetzt ein Rosafarbiges. Nur das Horn veränderte weder seine Form noch die Farbe. Aber dafür wuchsen regenbogenfarbige Haarsträhnen um sein Horn herum.

„Blaulieschen, in was hast du mich denn verwünscht? Etwa in ein Glückschwein? Ich sehe aus wie ein rosa Schweinchen!", rief Rotschrat und redete immer schneller, als er sich entsetzt im Wasser betrachtete, wo sich sein Spiegelbild erneut offenbarte.

Sie lächelte, und ihre Augen blitzten begeistert, als sie verschmitzt hauchte: *„Nein, natürlich nicht! Von heute an bis du einzigartig, als Glückseinhorn in der Märchenwelt."*

„Aber ich bin doch rosa wie ein Marzipanschweinchen und sehe aus wie ein Schwein mit Horn und Flügeln!" Kaum vollendete er seinen Satz, da veränderte er auch schon seine Hautfarbe. Zuerst wurde er lila, dann blau, grün, gelb, orange, braun, grau, schwarz, weiß, rot und wieder rosa. Dieses Farbwechselspiel wiederholte sich zwölfmal, bevor sich Blaulieschen einmischte.

„Du kannst zu jeder Zeit deine Farbe wechseln, wie es dir beliebt, und genauso auch deine Größe, denn als Glückseinhorn

wohnt jetzt echte und unbezahlbare Glückseinhornmagie in dir. Außerdem kannst du überall jeden beglücken. So wird es dir gelingen, euren Anführer in die Schranken zu weisen, wenn du ihm weiter die Stirn bietest. Schließlich werden jetzt alle Einhörner erkennen, wie sie unterdrückt und gegängelt werden durch seine maßlose Willkür. Du wirst deine Gattung in die Freiheit und Unabhängigkeit führen!"

Tatsächlich entmachtete er den Anführer als Lügner und Unterdrücker durch die nackte Wahrheit. Somit unterband er die Tyrannei für immer und verbreitete Glück, Freude, Freiheit, Liebe, Schutz und Zufriedenheit.

Aus lauter Dankbarkeit wählten alle anderen Rotschrat zum neuen Anführer, obwohl er sich jetzt noch mehr von ihnen unterschied. Dies erfreute ihn so sehr, dass er von diesem Tage an das glücklichste und zufriedenste Märchenwesen im Land der Einhörner war.

Das Land der Lügen

*E*s war einmal vor vielen Jahren, da existierte ein stolzes Reich, das man das *Land der Lügen* nannte. Leider wurden die Bürger von höchster Stelle belogen und immer weiter belogen in jeder Lebenslage. Die herrschende Kaste fühlte sich auf der sicheren Seite. Um für immer an der Macht zu bleiben, schreckten sie vor nichts zurück. Auch kriegten sie weder genug an Steuern noch an Gewinn, welches sie den ahnungslosen Bürgern schamlos herauspressten wie bei einer Zitrone für einen Tee. Ihre Gier kannte keine Grenzen, und sie machten noch nicht einmal vor den Kindern halt, welche sie herzlos benutzen und ihre Gedanken mit Lügen und Unwahrheiten über das Wetter samt Klima und über arme Fremdlinge vergifteten. Das reichte ihnen nicht und sie hetzen jeden gegen jeden schrecklich auf und spalteten die Gesellschaft gnadenlos in zwei verschiedene Lager auf. Sie dachten, wenn zwei sich streiten, da freut sich der Dritte, nämlich die herrschende Kaste im Hintergrund.

Die eine Gruppe glaubte einfach alles, ohne zu hinterfragen. Aber die andere Gruppe fühlte es in ihrem Inneren, dass etwas nicht stimmte, nur was, konnte sie zuerst nicht erklären. Dabei spielten plötzlich die Gesetze der Vernunft keine entscheidende Rolle mehr. Dies führte dazu, dass sich die Gegenseiten voneinander distanzierten und ihre Meinungen auseinander gingen wie Tag und Nacht.

Doch der herrschenden Kaste ging das alles nicht weit genug, denn sie wollten endlich ihr Ziel erreichen, dass die Bürger sich gegenseitig bekämpften. Also fingen sie an, immer mehr zu hetzen und eine Gruppe gezielt zu verunglimpfen und als böse Widersacher zu beschimpfen, die nur eins im Sinn hatten: Das altbewährte System zu stürzen und ihre Gegner abzuschlachten.

Doch auch das fruchtete nicht schnell genug und der gewünschte Bürgerkrieg blieb aus, denn Gewalt wollte nur ein winziger Teil der einen Gruppe, welche trotzdem nicht als die Bösen betitelt wurden, sondern sogar von der herrschenden Kaste in Schutz genommen wurde, obwohl sie viel Schaden anrichteten.

Darum musste ein anderes Druckmittel her. Daher plante sie das *Land der Lügen* weiter zu spalten, um das gesamte Bürgertum zu schwächen und in eine geplante Hungersnot zu treiben, bevor sie mit der Versklavung beginnen konnten. Sie wollten es noch einfacher haben, um an der Macht zu verweilen.

Da setzte sich die Elite der herrschenden Kaste zusammen und beratschlagte sich im Geheimen, wie sie ihr Volk noch mehr gängeln konnten und sie sogar bis aufs Blut zu peinigen und somit ihren freien Willen zu brechen, der ihnen vom Schöpfer geschenkt wurde. Sie erfanden eine neue Krankheit, die das Land heimsuchen und jeden in Angst und Schrecken versetzen sollte. So zelebrierten sie einen Virus und tauften ihn Satanus. Er sollte ansteckend sein wie die Pest im Mittelalter und alle geschwächten, alten und kranken Bürger niederstrecken, als ob ein Krieg ausgebrochen wäre.

Also bestachen sie mit reichlich vielen Goldbaren zuerst ausgewählte Heiler und dann Marktschreier ohne Gewissen, die das perfide Spiel bereit waren mitzuspielen, um die Ahnungslosen zu betrügen und ihnen eine Lüge nach der anderen aufzutischen, um sie in der Angst zu halten.

Deshalb gelang es der herrschende Kaste spielend, die ahnungslosen Bürger zu hintergehen und in Panik und Todesangst zu versetzen. Das Volk glaubte, dass es tatsächlich in Lebensgefahr schwebte und ließ sich jeden noch so verrückte Maßnahme aufzwingen, um sich angeblich vor Satanus zu schützen.

Sie schlossen sich selbst ein und verzichteten auf Kontakte zur Außenwelt. Noch nicht einmal auf die Jagd gingen sie oder einkaufen auf dem Wochenmarkt. Lieber hungerten sie, als an Satanus zu erkranken. Denn ihnen wurde durch die Marktschreier erzählt, dass sie grauenvoll ersticken mussten und gleichzeitig Schmerzen hätten, als ob ihr ganzer Körper brannte wie auf einem Scheiterhaufen.

Die herrschende Kaste amüsierte sich über die Dummheit und Gutgläubigkeit des Volkes und feierte ein rauschendes Fest nach dem anderen, während sie gezielt die Bewohner weiter in Angst und Panik hielten.

Sie erfanden Todeszahlen und Kranke, die in Wirklichkeit gar nicht existierten. Da die Bürger sich aber nicht hinaustrauten, konnten sie sich auch von der Wahrheit nicht selbst überzeugen. Sie hörten, wie die bestochenen Heiler durch die Gassen streiften und verkündeten, dass wieder eine Familie ausgelöscht wurde durch Satanus und die Leichen sich überall im Land türmten.

Den Bewohnern ging es inzwischen immer schlechter und schlechter, da sie sich überhaupt nicht mehr hinaustrauten. Inzwischen gingen ihre Vorräte zur Neige und auch das Trinkwasser, weil der Regen ausblieb und sich die Brunnen nicht mehr füllten. Jetzt war guter Rat teuer und es hieß schließlich, entweder sterben wir an Satanus oder wir verhungern und verdursten qualvoll.

Da meldete sich die alte, gebrechliche Martha zu Wort, die schon sehr geschwächt war und meinte: *„Ich bin alt und meine Tage sind gezählt, ich werde gehen und Wasser aus dem Fluss holen.“*

„Nein, Großmütterchen, du bist viel zu alt und Satanus wird dich auf der Stelle töten, wenn du das Haus verlässt. Ich werde gehen!“, rief der Jüngling Samuel aus. *„Ich bin jung, gesund und kräftig! Satanus wird mich nicht so schnell bezwingen.“*

„Du hast dein Leben noch vor dir, mein Enkelsöhnchen, darum werde ich gehen, damit Ihr alle überlebt, meine geliebten Kinder! Ich würde ohne Euch sowieso nicht überleben, denn mein Leben hätte dann überhaupt keinen Sinn mehr. Ihr seid alles was ich habe!“ Mit gebeugter Haltung schleppte sie sich schwer atmend schon zur Tür. Doch ihr Sohn Bodo mischte sich ein und ereiferte sich mittzuteilen: *„Streitet Euch nicht! Wir werden gemeinsam*

gehen. Entweder sterben wir oder wir überleben. Nur gemeinsam sind wir unschlagbar!"

Somit war es beschlossen und die Familie ging zusammen aus dem Haus. Sie staunten, denn sie erwarteten viele Leichen auf dem Weg zu sehen, wie es die Heiler erzählten als sie die Leute warnten. Denn sie sagten ihnen doch, dass sich überall Leichen türmten, weil sie sich nicht an die Vorschriften und gutgemeinten Ratschläge gehalten hatten, erinnerten sich die Familie noch genau an die Worte der Heiler letzte Woche. Aber von Leichen war keine Spur auszumachen. Sie liefen weiter, bis sie den Fluss erreichten. Dort entdeckten sie, wie sich die herrschende Kaste am Fluss vergnügte und ein rauschendes Fest feierte.

Die Familie versteckte sich hinter den Bäumen und belauschte die Machthaber, wie sie sich amüsierten und sich lustig machten über die Blödheit der Untertanen, die an Satanus glaubten, den es so gar nicht gab. Die herrschende Kaste wollte ihr hinterhältiges Spiel so lange weiterverfolgen, bis sie den Untertanen ein Heilmittel präsentieren konnten, welcher nur dazu diente, die Bevölkerung zu willenlosen Kreaturen zu verwandeln. Sie planten *die Bürger zweiter Klasse*, wie sie sie oft betitelten, zu billigen Arbeitssklaven zu verdammen und ihr eigenes bequeme Leben in Reichtum weiterzuführen wie bisher. Gnadenlos dachten sie sich weitere Schikanen aus und wollten morgen eine Maulkorbpflicht aus Stoff befehligen. Damit das Volk endgültig mundtot war, sollte es sich trauen ihre Häuser zu verlassen, um sich bei der Obrigkeit zu beschweren oder aufzumucken. So planten sie den Widerstand im Keim zu ersticken, bevor er sich ausbreitete. Noch gemeiner wäre es, wenn sie die Kinder entwendeten, die sie dann gezielt krankmachen würden mit ungesunden Kräutern. Die alleinige Schuld konnte sie dann problemlos Santanus zuschustern.

Als die Familie das alles hörte schlichen sie davon und kehrten zurück in ihr Heim. Dort beratschlagten sie, was sie nun unternehmen sollten, um ihre Freunde und Nachbarn vor der drohenden Gefahr zu warnen. Doch als sie es versuchten, glaubte man ihnen nicht. Sie meinten, sie lehnen sich auf und würden Lügen verbreiten über die herrschende Kaste, weil sie unzufrieden waren mit den Schutzmaßnahmen, welches ihr Leben jetzt bestimmte. Man jagte sie sogar davon und sah sie als Gefahr und Verschwörer an.

Die arme Familie wusste nicht, was sie tun sollte und entschied sich zu verstecken, denn inzwischen trachtete man ihnen nach dem Leben. Sie flüchteten in die Wälder weit weg und beobachteten, wie die herrschende Kaste weiterhin ihr falsche Spiel vorantrieb.

Es dauerte nicht lange und sie bekamen trotzdem mit, wie die Kinder den Eltern weggenommen wurden unter falschem Vorsatz und ihnen ein Schicksal drohte, welches ihnen das Herz schwer werden ließ. So versuchten sie es ein zweites Mal ihre Freunde und Nachbarn zu warnen. Diesmal trafen sie nicht überall auf taube Ohren und einige schlossen sich ihnen tatsächlich an. Der andere Teil beschimpfte sie immer noch und jagte sie wieder einmal davon.

Deshalb kehrten sie erneut in die Wälder zurück und verweilten dort, bis sie zufällig hörten, dass eine rettende Medizin verteilt wurde, die jeder nehmen musste, wenn er nicht an Satanus sterben wollte. Ein drittes Mal versuchte die Familie ihre Freunde und Nachbarn zu warnen. Diesmal gelang es ihnen, noch mehr Bewohner zu überzeugen und sie verließen gemeinsam das Dorf. Allesamt versteckten sich so lange in den Wäldern, bis sie zufällig auf eine Jungfer trafen, die weinend in den Wald rannte. Von ihr erfuhren sie, dass alle, die die Medizin geschluckt hatten, willenlose Wesen geworden waren und als Sklaven arbeiten mussten, bis sie umfielen.

So befand die Familie, dass die Zeit reif war, endlich das Blatt zu wenden und das Volk aus ihrem schrecklichen Schicksal zu befreien. Schließlich waren sie viel mehr als diese herrschende und hinterhältige Kaste. Außerdem wurde der Beweis erbracht, dass es sich nur um Verbrecher und Mörder handelte, die vor ein Tribunal gehörten und verurteilt werden mussten.

Sie arbeiteten einen genauen Plan aus und drangen schließlich unbemerkt in die Burg ein, wo die herrschende Kaste wieder unbeschwert ein rauschendes Fest feierte. Die armen Kinder hatten sie inzwischen nicht nur krank gekriegt, sondern auch als Kindersklaven benutzt und sie ihren Eltern nicht mehr zurückgegeben, wie sie es vorher versprachen, weil sie sie wieder wie gewohnt belogen und reingelegt hatten. Sie befreiten zuerst die Kinder aus ihrer Knechtschaft und sorgten dafür, dass sie sich in den Wäldern versteckten. Dann kümmerten sie sich um die willenlosen Sklaven, indem sie ihnen das Gegenmittel eintrichterten, welches die alte, weise Großmutter gebraut hatte, um alle von dem Übel zu retten. Denn sie erinnerte sich an ein altes Hausmittel aus ihren Kindertagen, welches ihre Großmutter Claudia von einem Heiler aus einem fernen Land erhalten hatte.

Sobald auch diese befreit waren, schlossen sie sich der Familie dankbar an und stürmten die Festtafel der herrschende Kaste. Sie entmachten alle auf einen Schlag und brachten sie vor ein Tribunal, welches neu gegründet wurde von den *ältesten Bürgern* des Landes. In diesem Tribunal wurde die herrschende Kaste und alle ihre Handlanger zum Tode verurteilt. Das Urteil wurde durch Hängen vollstreckt.

Nach der Hinrichtung verwandelte sich das *Land der Lügen* in das *Land der Wahrheit*. Dazu besaßen alle Bürger, egal welchen Alters, fortan ein Mitspracherecht in jeder Angelegenheit, welches *das Land der Wahrheit* betraf.

Jegliche Art von Lügen waren in diesem Reich verpönt und verboten, denn dort herrschte nur noch die Wahrhaftigkeit und die Liebe zwischen den Bürgern, die glücklich, dankbar und im Frieden bis heute an diesem wunderbaren Ort leben.

Der machtbesessene König

*V*or langer, langer Zeit herrschte im Königreich Greenland ein machtbesessener König, der sich im Glanz seiner eigenen Hochnäsigkeit sonnte. Seine Dreistigkeit kannte keine Grenzen und seine Machtgier ebenso. Er führte überall Kriege und verbreitete die Lüge, dass sein Königreich angegriffen wurde, und er nur das Volk schützen wollte vor diesen feindlichen Halunken aus der alten Welt. Diese Lüge hämmerte er seinen Untergebenen tagein tagaus ein, durch seine Marktschreier, die er speziell dafür mit Goldstücken bezahlte. Die Saat ging auf, bis das Volk ihm glaubte und selbst diese Kriege gegen den unsichtbaren Feind einforderte.

Aber all seine Macht und seine Reichtümer reichten ihm nicht und so begann er sich schrecklich zu langweilen. Sein Hofnarr *Lotar von der Vogelweide* unterhielt ihn mit seinen Darbietungen schon lange nicht mehr und seine Witze glichen leeren Fraßen, die sich immer und immer wiederholten. Auch an seinen Hofdamen verlor er das Interesse, da sie nicht mitspielten, wie es ihm gefiel. Oft weigerten sie sich, seinem Wahn zu unterwerfen und dafür bestrafte er sie hart und warf sie anschließend in den Kerker seiner Burg, wo sie elendig verhungerten.

Immer mehr Macht riss er an sich, eroberte dabei ein Königreich nach dem anderen und baute seine Tyrannei aus, während er mit eiserner Hand über sein Volk herrschte, welches er immer mehr und mehr kleinhielt und zusätzlich in Armut stürzte.

Sein Volk, welches seinem Vater noch treu ergeben war, presste er mit vielen unnötigen Steuern bis aufs Blut aus, weil er das Geld für seine Kriegskasse benötigte. Alle litten schrecklich unter Hunger und seiner ungerechten Herrschaft, denn er unterdrückte sie mit purer Gewalt durch seine schwarzen Ritter, die das abgemagerte Volk brutal verprügelte, wenn es Widerstand leistete. Dazu zwang er ihnen seine Meinung auf, die nur noch zählte, weil er die Auffassung vertrat, er wäre gottgleich und jeder seiner Untertanen gehörte ihm allein, weil sie im Königreich Greenland lebten. Wer ihm widersprach wurde zuerst verunglimpft und dann heimlich mundtot gemacht, oder entweder bestach er sie, erpresste sie und unterwarf sie gewaltsam. Wer es trotzdem wagte, eine andere Meinung zu vertreten als die seine, verlor sein Auskommen, seinen Ruf, sein Heim samt Besitz und die Freiheit sowieso. Das reichte dem König nicht und die Schuldigen kamen an den Pranger im Burghof. Gleichzeitig verlangte er von seinen Untertanen, diese unmöglichen Volksverräter, wie er sie betitelte, zu tadeln, dann zu beschimpfen und zu guter Letzt mit Steinen zu bewerfen, bis Blut aus ihnen floss und sie qualvoll starben.

Dies diente der Abschreckung, um sein Volk so im Zaun zu halten, damit er weiter seine Schreckensherrschaft ausüben konnte über das ganze Königreich.

Das ging so lange gut, bis ein junger, hübscher, blonder Bauernsohn sich die Frage stellte, warum sich alle, die in seinem Dorf und im ganzen Reich lebten, dies gefallen ließen. Sein Vater war entsetzt, als er diese Worte aus dem Mund seines jüngsten Sohnes Heiko vernahm. Er verbot ihm diese Frage zu stellen und bestrafte ihn hart für seine Ungeheuerlichkeit, sich gegen den König aufzulehnen.

Doch der junge schlaue Bauernsohn ließ sich nicht einschüchtern und fragte seinen Vater, wie es früher war, als dieser brutale König noch nicht an der Macht war. Erst wollte Bauer Castello Heiko wieder den Mund verbieten, aber als er seinen Sohn in die Augen schaute und die Liebe und den Respekt darin erblickte, die er für ihn hegte, begann er leise zu erzählen: „Ja, der alte König war gütig und unser Land blühte und gedieh in alle Richtungen. Die Kunstmalerei, die Goldschmiede, die Dichterkunst und die Musik schätzte jeder weit und breit und über die Grenzen von Greenland hinaus. Keiner erlitt Hunger oder fürchtete sich, seine

Meinung laut kundzutun, ohne dafür bestraft oder sogar getötet zu werden. Es fanden rauschende Burgfeste statt, und zu zauberhafter Musik wurde vergnügt getanzt. Das Gelächter über die witzigen Hofnarren hörte man bis hinunter ins Dorf."

Heiko schaute ihn wieder an und stellte erneut seine Frage. Da begriff Bauer Castello, was sein Sohn ihm aufzeigen wollte, und er fing an bitterlich zu weinen, weil er Heiko für die Wahrheit bestraft hatte. Aber der Bauernsohn umarmte seinen tiefgerührten Vater und flüsterte ihm ins Ohr: *„Wir sind für unser Schicksal selbst verantwortlich und müssen handeln. Kein Mensch hat es verdient, so von einer Person geknechtet, belogen und missbraucht zu werden."*

Der Bauer nickte und küsste zärtlich Heikos Stirn. Dann rief er seine fünf anderen Söhne zu sich und klärte sie auf. Da sie ergebene und brave Söhne waren, ließen sie sich schnell überzeugen.

Von diesem Tage an begann der Widerstand und es gelang dem Bauer, der sehr angesehen war im Dorf auch die anderen Dörfler zu überzeugen, indem er ihnen die Wahrheit vorführte. Er benutze dafür die Kunst der Musik und sang ein fast vergessenes Lied, über den alten, gütigen und weisen *König Ludwig der Dritte.*

Dadurch verstanden alle Dorfbewohner, was er damit ausdrücken wollte und sie beschlossen, den machtbesessenen Herrscher abzusetzen und ihn entweder davonzujagen, wenn er freiwillig aufgab oder ihn hinzurichten, wenn er sich weigerte seine Macht abzugeben. *„Denn ein König, der gegen das eigene Volk handelt und es ins Unglück stürzt, hat keine Berechtigung an der Macht zu verweilen, weil er selbstverliebt und nur für seinen eigenen Vorteil lebt und herrscht!"*, sang Bauer Castello mit voller Inbrunst.

Endlich begannen zuerst alle Bauern sich aufzulehnen, dann folgten die Kaufleute, die Dienstboten und schließlich schlossen sich auch die stolzen Ritter an und stürmten gemeinsam die Burg, die der Masse trotz Wassergraben nicht länger standhielt.

Sie bemächtigten sich der königlichen Leibgarde und überwältigten sie mit Leichtigkeit. Dann drangen sie in die Gemächer des Königs ein, der sich wie ein verängstigtes Kind hinter seinem eisernen Thron verbarg.

Als sie seiner habhaft wurden, klagten sie den König an und stellten ihn vor das *neugewählte Bauerngericht*, welches ihm ermöglichte, sich zu verteidigen. Doch der König meinte hochnäsig und sich keiner Schuld bewusst, dass er nichts falsch gemacht hätte, obwohl alle Beweise vorlagen wie ein offenes Buch und viele Zeugen über seine Gräueltaten berichteten.

Da der besiegte Herrscher weder bereute noch sich entschuldigte, verurteilte ihn das *Bauerngericht* im Namen des Volkes, weil er zum Massenmörder und Kriegstreiber mutiert war, zum Tode durch das Beil.

So köpften sie den größenwahrsingen König, der meinte ihm gehöre die ganze Welt. Sein Leichnam wurde in den Burggraben geworfen und seinen Kopf warf der neu ernannte Scharfrichter den Dorfhunden zum Fraß vor. Sie zerfetzten ihn blitzschnell.

Seitdem der schreckliche Tyrann entmachtet war, lebte das Volk auf und die Bauern bildeten einen *Zwölferrat*, der von da an über das ehemalige Königreich Greenland wachte. Jeder Bürger genoss die Freiheit wie früher seine Meinung ohne Angst zu äußern. Das Land erblühte und gedieh erneut in voller Pracht. Viele Feste wurde im gesamten Land zelebriert, und überall hörte man das Gelächter von glücklichen und zufriedenen Bürgern in der neuen Zeitrechnung.

Über den machtbesessenen König verlor keiner mehr ein Wort und so geriet er beinahe in Vergessenheit. Nur der alte Brunnen erinnerte noch an seine Schreckensherrschaft als Mahnmal, denn auch die Burg wurde komplett abgerissen und ein prächtiges Bürgerzentrum entstand, indem die feinsten Künste des Volkes ein Heim fanden. Bis heute schmückt eine Inschrift den Torbogen *... Menschlichkeit und Freiheit gehören jedem einzelnen Bürger und keiner darf jemals sie aushebeln oder unterbinden!*

Die ahnungslosen Schafe

*E*s war einmal vor langer Zeit eine Schafsherde, die graste friedlich auf der grünen Weide hinter den hohen Bergen. Sie waren eine innige Gemeinschaft und unzertrennlich. Denn sie sorgten sich umeinander und beschützten sich gegenseitig vor Gefahren. Wölfe versuchten sie zu trennen. Doch es gelang ihnen nicht sie auseinander zu treiben, um ein Schaf zu reißen.

Darum überlegte das Wolfsrudel wie es ihnen doch gelang, sich der Schafe zu bemächtigen. Schließlich kamen sie auf die Idee, einen Keil zwischen den einzelnen Schafen zu treiben. Aber wie sollte es gelingen? Die Schafe vertrauten den Wölfen nicht und würden es nie zulassen, dass einer dieser feindlichen Gattung heimlich unter ihnen untertauchte. Da meinte der kleinste Wolf von ihnen, einer von uns muss sich als Schaf verkleiden, um sie zu täuschen. Das Rudel lachte ihn aus, denn wie sollten sie sich in ein Schaf verwandeln? Sie sind doch stolze Wölfe!

Da meinte der kleine Wolf, dessen Fell schwarz war wie die Nacht: *„Ich bin klein, und keiner dieser Schafe würde mit einem schwarzen Wolf rechnen, denn die meisten die sie von uns kennen sind grau!"*

„Na und? Trotzdem erkennen dich die Schafe als Wolf!", motzte der Leitwolf und fletschte gefährlich die Zähne.

„Da habe ich schon eine gute Idee!"

Jetzt grölten sie noch lauter über diesen dummen Wolf, der nie und nimmer als Schaf durchging.

Der kleine Wolf blickte das Rudel an, welches ihn weiter verspottete und wartete, bis sich alle beruhigten. Dann antwortete er hochnäsig: *„Was haben wir zu verlieren? Lass es mich versuchen und ich beweise es Euch und fülle so eure Bäuche!"* Währenddessen knurrte sein Magen am lautesten und er wartete keine Antwort ab und stolzierte mit erhobenem Haupt davon. Dem Gejaule hinter sich schenkte er keine Beachtung und sprintete schnell aus dem Wald. Er rannte zum Müller und kaperte einen Sack Mehl. Seine Beute zog er zurück in den Wald. Dort zerfetzte er den Sack mit seinen Hauern. Sofort schoss das Mehl heraus und bedeckte den Boden. Ohne zu zögern, wälzte er sich in dem Mehl, bis sein Fell weiß war wie Schnee.

Vergnügt machte er sich erneut auf zu der Schafsherde, die weiterhin friedlich graste. Er schlich zu ihnen und mischte sich unter die Schafe. Sie blökten als sie ihn entdeckten, aber es gelang ihm sie zu täuschen, indem er zurückblökte und sich unter die neugeborenen Lämmer kauerte.

Die ahnungslosen Schafe schienen ihn so zu akzeptieren, denn sie gingen davon aus, dass er ein neues Mitglied der Herde war. Sie kümmerten sich rührend um ihn, genau wie um die anderen neuen Lämmer.

Der kleine Wolf ließ sie gewähren und amüsierte sich heimlich über die dummen Tiere, wie kleingläubig sie doch waren. Er spielte weiter das neugeborene Lamm und gewann so ihr Vertrauen.

Inzwischen war eine Woche ins Land gezogen, und der kleine Wolf fing an, die jüngeren gegen die älteren Lämmer aufzuwiegeln, weil er meinte, dass sie sich benahmen, als ob sie etwas Besseres wären und hätten wohl die Weisheit mit Löffeln gefressen.

Zuerst wollte die eine Gruppe der Lämmer es nicht glauben. Aber der kleine listige Wolf säte immer mehr Zwietracht, indem er ihnen in die Köpfe hämmerte, weil er es nicht einsah, dass sie das bessere Gras fraßen und sie nur den abgeknabberten Rest abbekamen.

Es dauerte nicht lange und die jüngeren Lämmer rebellierten gegen die Älteren und beleidigten sich gegenseitig.

Diese Situation nutzte der kleine Wolf schamlos aus und wandte sich an die erwachsenen Schafe, indem er sie von vorne bis hinten belog. Er verbreitete das Gerücht, dass die Lämmer sich gegen die erwachsenen Schafe stellen wollten, da sie glaubten, nicht mehr genug gutes Gras zum Fressen zu bekommen, weil diese Egoisten ihnen alles wegfraßen.

Diese absurde Anschuldigung der Lämmer würden die älteren Schafe nicht akzeptieren. So beschlossen sie die Jungtiere zu belehren und sie in ihre Schranken zu weisen.

Doch die Gemüter waren inzwischen so erhitzt, dass keiner mehr dem anderen zuhörte und nur noch laut bölkte und hirnlos durcheinanderlief. Dadurch spaltete sich die Herde in drei Gruppen. Jeder hetzte gegeneinander, und von Einigkeit war keine Spur mehr zu erkennen.

Der kleine Wolf freute sich, dass es so einfach war, die Herde gegeneinander aufzuwiegeln und ergriff natürlich für keinen Partei, sondern versprühte weiter sein Gift.

Es dauerte noch einen weiteren Tag, und die Herde hatte sich total zerstritten, weil keiner mehr mit dem anderen etwas zu tun haben wollte. Die Schafe liefen nur noch ziellos umher und waren so wütend aufeinander, dass sie noch nicht einmal mitbekamen, wie der kleine Wolf sich ein winziges Lamm nach dem anderen holte, es riss und auffraß.

Als er gesättigt war lief er weg, sprang in den Fluss und wusch das Mehl aus seinem schwarzen Fell. Gesäubert spazierte er zu seinem Rudel zurück und berichtete, was er vollbracht hatte.

Der Leitwolf verlangte Beweise und der kleine Wolf antwortete: *„Folgt mir, wenn Ihr nicht alle verhungern wollt!"*

Erst sträubten sie sich, aber der kleine listige Wolf schwärmte vom zarten Lammfleisch, und dem Rudel lief das Wasser im Mund zusammen, als sie es vernahmen. So ließen sie den erstaunten Leitwolf stehen und schlossen sich dem kleinen Wolf an. Er führte stolz das Rudel zu den Schafen, die weiter getrennt auf der Weide laut erbost bölkten.

Innerhalb einer Viertelstunde rissen die Wölfe die ahnungslosen Schafe, die völlig überrascht und wehrlos klein beigaben, da sie durch die Zwietracht und dem Gefühl des Hasses abgelenkt waren. Keines der einst so vereinten Schafe überlebte den Angriff.

Dankbar lobte das Rudel den kleinen schlauen Wolf, der es tatsächlich vollbrachte und so die dummen Schafe dem Untergang geweiht hatte. Nur durch seine schlaue List verspürten sie nun keinen Hunger mehr. Die Wölfe verstanden, dass man nur überlebte, wenn man listig und zusammenhielt und vor allem sich nicht spalten ließ.

Von diesem Tage an wurde der kleine Wolf zum Anführer aller grauen Wölfe einstimmig erwählt. Der Leitwolf aber wurde gerissen und bis auf die Knochen aufgefressen, weil er sein Rudel nicht zum Sieg über die Schafe verholfen hatte und sie wegen ihm tagelang hungern mussten.

Die Wahrheit und die Lüge vor Gericht

Die Wahrheit und die Lüge standen eines Tages vor Gericht.

Da fragte der hohe Richter: *„Ihr seid hier heute erschienen und ich soll Recht sprechen. Ich soll der Partei recht geben, dass jeder Bürger Euch zu glauben und zu vertrauen hat, weil kein Eigennutz dahintersteckt!"*

Die Wahrheit nickte und die Lüge blähte sich auf und grinste feist dem Richter ins Gesicht.

„Gut, dann ist alles geklärt! Deshalb beginne ich mit meiner Befragung in diesem heiklem Fall. Schließlich will ich kein Falschurteil verkünden und mich mitschuldig machen vor dem Schöpfer."

Die Lüge trat hervor und raunte: *„So sei es! Das Recht ist auf meiner Seite! Also fragt was Ihr fragen müsst, damit diese Farce ein Ende findet. Denn ich, die Lüge bin im Recht und nur mir soll das Volk glauben!"*

Die Wahrheit schwieg und blickte den Richter ganz tief in die Augen. Da wandte sich der Richter an die Wahrheit: *„Du sagst, dass du das richtige erzählst und das Volk nur dir glauben soll. Das gleiche Recht nimmt sich auch die Lüge heraus und meint, dass man eher ihr glauben soll, denn sie befindet sich auf der Seite des Volkes!"*

„Ja, so ist es und ich werde mich deinem Urteil über mich beugen. Was möchtest du wissen?", fragte die Wahrheit sanft.

„Meine Frage lautet: Würdest du, Wahrheit, für deine Aussagen sterben, um zu beweisen, dass das Volk dir glauben und vertrauen kann?"

Die Wahrheit zögerte keinen Moment und rief: *„Ja, auf der Stelle! Denn ich bin die Wahrheit und aus mir spricht nur Liebe und keine Täuschung von Tatsachen. Ja, um zu beweisen, dass* *meine Aussagen wahr und wahrhaftig sind, da würde ich freiwillig den Gevatter Tod wählen! Also gut, damit mir das Volk ohne Angst endlich vertraut, tötet mich und Ihr seht, dass meine Aussagen keine Täuschung beinhaltet!"*

"So ein Quatsch!", kreischte die Lüge erbost dazwischen.

Der Richter drehte sich um zur Lüge und fragte: *"Warum?"*

"Ja, warum soll ich denn, um zu beweisen, dass das Volk mir zu glauben hat, den Tod wählen? So ein Unsinn kann nur der Wahrheit einfallen. Da sieht man es, sie glaubt durch den eigenen Tod die Leute zu überzeugen!" Und die Lüge hielt sich den Bauch vor Lachen.

"Also verstehe ich dich richtig, um dem Volk zu beweisen, dass sie dir glauben sollen, würdest du nicht freiwillig den Tod wählen?"

"Nein, natürlich nicht! Nur, weil die Wahrheit feige ist, würde sie sich freiwillig ermorden lassen. Da ist doch klar, wer glaubt schon der Wahrheit, wenn sie sich so einfach aus der Affäre zieht?" Und die Lüge blähte sich immer mehr auf und zeigte der Wahrheit sogar einem Vogel. *"So blöd kann doch bloß die Wahrheit sein. Sterben für nichts und wieder nichts! Das ist zu viel! Ich ziehe lieber in den Kampf und besiege die Wahrheit, in dem ich sie unterdrücke! Dann wird jeder mir glauben und niemals der Wahrheit! So ein Feigling!"*

Der Richter blickte der Lüge tief in die Augen und meinte dann: *"Ich war noch unentschlossen, wem von beiden ich in diesem Fall Recht geben soll. Aber da Ihr mir ehrlich geantwortet habt, steht nun mein Urteil fest."*

Die Wahrheit und die Lüge starrten den Richter gespannt an, bis er verkündete: *"Ich gebe der Wahrheit recht und nicht der Lüge!"*

Die Lüge explodierte und brüllte: *"Das kann doch nicht wahr sein! Wieso?"*

Der Richter blieb ganz ruhig, bevor er antwortete: *"Die Wahrheit würde für ihre Wahrhaftigkeit sterben, um so das Volk zu überzeugen. Die Lüge hat sich nur gewunden und würde nicht sterben wollen, um das Volk damit zu überzeugen, dass es stimmt, was sie erzählt. Genau das ist der entscheidende Unterschied! Denn die Wahrheit hat nichts zu befürchten, wenn sie vor dem Schöpfer tritt, weil sie nichts Falsches von sich gegeben hat und nur aus reiner Liebe handelte. Die Wahrheit will die Menschen nicht mit schönen Worten umschmeicheln und betrügen. Sie ist wahrhaftig und spricht aus dem Herzen, denn das Herz lässt keine Lüge zu. Aber die Lüge erzählt die Unwahrheit, um die Menschen zu missbrauchen und reinzulegen. Das würde die Wahrheit nie übers Herz bringen. Aber der Lüge ist es egal, sie würde nie freiwillig sterben wollen, um zu überzeugen, dass alles stimmt, was sie so von sich gibt. Allerdings vor dem Schöpfer müsste sie sich verantworten und er hätte nur Zorn für sie übrig, weil die Lüge das Volk gezielt betrogen hat, um die Unwahrheit in die Welt hinauszuposaunen, zu verbreiten und zusätzlich zu täuschen. Dies geschieht aus Niedertracht, Hass und falschem Ego! Das ist eine Sünde! Der Schöpfer würde die Lüge streng bestrafen und ins Fegefeuer verbannen!"*

Die Lüge brummte verärgert, weil jeder ihr im Gerichtsaal ansah, wie sie rot anlief, denn sie hatte sich selbst entlarvt und somit ihr wahres Gesicht dem Volk präsentierte. Von nun an durchschaute sie jeder und ihre Maske fiel für immer.

Der Glitzerdrachen

*D*er *Vater der Zeiten* hatte vier gleichaltrige Töchter. Sie hießen Corona, Esperanza, Ramona und Violetta. Die Mädchen waren wunderschön und anmutig anzuschauen, denn sie strahlten wie Engel, bloß ohne Flügel. Jedes der Töchter hatte unterschiedliche Haarfarben. Corona verfügte über schwarzes Haar. Esperanzas Haare waren dunkelbraun. Die von Ramona dunkelrot und die von Violetta waren blond. Aber alle vier hatten grüne Augen wie ihre Mutter Fiona, die als Kometenschweif durch das Universum schwebte. Ihre Häupter schmückten farbenfrohe Blumenkronen mit Blätterbänder, die sich hin und her bewegten, als ob eine leichte Brise hindurchblies.

Die vier Mädchen wuchsen sehr behütet auf, denn ihr Vater war der erste Ritter des Lichts, der sie nie aus seinem Blickwinkel entweichen ließ. Sie waren ihm treu ergeben und gehorchten ihm aufs Wort. Seine Weisheit und seine Erfahrungen waren unsagbar groß. Sein Lichtschwert, geschärft durch die Wahrheit und durch die bedingungslose Liebe, verliehen durch den Schöpfer als er alle Welten erschuf. Seine Gestalt überstrahlte jedes Lichtwesen und sogar die hellsten Sterne. Trotzdem blendete er keinen mit seiner Lichtenergie.

Der Vater der Zeiten kannte jeden Winkel im gesamten Universum wie seine Westentasche und passte auf, dass die bedingungslose Liebe überall regierte. Dabei bekam er mit, wie die Dunkelheit über die unschuldigen Märchenbewohner hereinbrach, welche den blauen Planeten als Heimat betitelten.

Sie waren dem Zorn von Rumpelstilzchen und seiner Verbündeten, der Rautenhexe schutzlos ausgeliefert. Nur purer Hass beflügelte die Herzen der Schurken und kochte vor Neid über, als sie die Glückseligkeit der Märchenbewohner miterlebten. Dies ging ihnen so gegen den Strich, dass sie handeln mussten, um dem Bösen Türen und Tore im Märchenland zu öffnen.

Das Märchenvolk lebte zufrieden in Freiheit, bis sich beide Widersacher einmischten. Doch die kluge Feenherrscherin Miriam schaffte es mit der Unterstützung von Ritter Volker, sich dieser Plage aus eigener Kraft zu entziehen.

Nur alle Scherben konnte Miriam nicht beseitigen, da sie nicht ahnte, welchen Schaden besonders die Rautenhexe hinterlassen hatte, bei dem verwandelten grünen Drachen, der ursprünglich *Prinz Waldemar der Fünfte* war. Er weigerte sich strickt die Rautenhexe zur Frau zu nehmen, damit sie mit ihm später den Thron besteigen konnte. Doch zuvor müsste sie seine Eltern in Ratten verwandeln und um sie dann als vermisst zu melden. Wutentbrannt hatte sie ihn für diese Schmach zu diesem Drachendasein verdammt, wie sie es damals schon mit den Raben vollzogen hatte, die einst als Feen und Elfen geboren waren. Ausgerechnet diese Märchenvölker durchkreuzten ihre Machtgier noch bevor Miriam geboren wurde. Sie kamen ihr mit Elfen- und Feenmagie in die Quere. Deshalb handelte sie und sorgte dafür, dass sie ihr hörig wurden im verhexten Rabenkörper. Rumpelstilzchen war ihr dabei eine große Hilfe, als er ihr die schwarze Magie verlieh, um Märchenwesen in unterschiedliche Tiere zu verwandeln, wie es ihr zusagte. Dies missbrauchte sie zu ihrem Gunsten immer wieder, ohne ein schlechtes Gewissen davonzutragen.

Als schließlich der *Vater der Zeiten* das ständige Klagen und die Todessehnsucht des grünen Drachen miterlebte, stimmte es ihn unendlich traurig. Er kannte sein Schicksal und wusste genau wie es enden würde. Doch er musste unbedingt verhindern, dass der unglückliche Drachen aus lauter Verzweiflung seine Existenz viel zu früh beendete, bevor sich sein Schicksal tatsächlich erfüllte und alles durcheinandergeriet im *Kreis des Lebens*. So beschloss er eine seiner Töchter zu rufen, um sie zu ihm zu senden. Also rief er mehrmals: *„Corona!"*

„*Sie ist fort*", antwortete Mutter Fiona nickend und ihr Kometenschweif schwang hin und her, als sie sich ihm näherte, um ihn mit ihrem regenbogenfarbigen Licht zu umgarnen.

„*Wo ist schon wieder Corona? Seit geraumer Zeit ist sie ausgegangen und nicht verfügbar!*", stellte er knurrig fest.

„*Corona, Corona, Corona!*", schallte es von überall her, ohne dass sie erschien. Das ärgerte ihn. Doch schließlich erfuhr er von Ramona, dass sie zu den Sternen aufgebrochen war, um mit ihnen zu plaudern, zu tanzen und zu feiern. Deshalb hörte sie sein Rufen nicht und er entschied sich für Esperanza, weil Ramona gerade ein neues Sternenkind willkommen hieß.

So befahl er seiner Tochter Esperanza, den grünen Drachen aufzusuchen und ihm Hoffnung aus den *Krug der Weisheit* zu überbringen. Sie willigte sofort ein und plante aufzubrechen, um den unglücklichen grünen Drachen zu besuchen. Als Violetta dies mitbekam, bat sie ihre Schwester begleiten zu dürfen. Das wollte der *Vater der Zeiten* nicht, da er befürchtete, eine violette und eine blaue Lichtgestalt würden ihn zu sehr erschrecken.

Doch Violetta bettelte und bettelte, bis er nachgab. So brachen beide auf und kehrten in die Märchenwelt ein. Sie suchten nach dem grünen Drachen und fanden ihn in den *Wäldern der brüllenden Drachen* hinter den sieben Hügeln *der untergehenden Sonne*.

Seine Tränen kullerten unaufhörlich über seine Wangen und seine Flügel ließ er wie ein begossener Pudel hängen. Seit Wochen fristete er sein Leben als riesiger, grüner feuerspuckender Drache und versengte aus Versehen einen Baum nach dem anderen. Das machte ihm Angst und er verkroch sich zuerst bei den hohen Bergen der Steinwüste, die weit ins Riesenland hineinreichten.

Als er all seinen Mut zusammennahm und seine Mutter besuchte, erkannte sie ihren verwandelten Sohn nicht, obwohl sich weder seine Augenfarbe noch seine Stimme verändert hatte. Aber sie fürchtete sich vor ihm, flüchtete in ihr Traumschloss aus Kristall und beauftragte ihre Garden, ihn mit der riesigen Steinschleuder zu attackieren.

Nur durch gezielte Flugmanöver entkam er den Geschossen und flog in die *Wälder der brüllenden Drachen* zurück. Dort tauchte er wieder einmal unter und verzweifelte immer mehr, weil ihn auch die Zwerge inzwischen entdeckten und schreiend vor ihm flüchteten, um Zuflucht in ihren Häusern zu suchen.

Die ganze Zeit fragte er sich wie er überleben sollte, wenn alle in Panik gerieten, wenn sie ihn entdeckten. Die Einsamkeit fraß an seiner Seele und selbst die Raben, die zur Rautenhexe gehörten, mieden ihn, als ob er ein Aussätziger wäre. Den Grund krähten sie ihm lauthals ins Gesicht, weil er ihnen nicht glich, und sie in Eifersucht verfielen über seine gewaltige Größe. Besonders neidisch waren sie aber auf sein grünes Feuer, welches sein Maul verließ, wenn er sich aufregte.

Daher kam er zu dem Schluss sein Leben beenden zu wollen, weil er keinen Sinn mehr fühlte weiter zu existieren. Doch kurz bevor er aufbrach, damit er sich ins *Meer der Wasserwelten* stürzen konnte, um endgültig aus dem Leben zu scheiden, bekam er Besuch von den beiden Lichtwesen, die sich ihm funkelnd näherten. Der ehemalige Prinz fuhr überrascht zusammen und hätte fast aus Versehen Feuer gespuckt. Im letzten Moment konnte er verhindern, dass die Lichtgestalten Schaden nahmen.

„Was seid ihr?", fragte er brummend mit hochgezogenen Augenbrauen. *„Also, für Glühwürmchen seid ihr viel zu groß! Und Feen und Elfen leuchten nicht, sondern glitzern wunderschön."*

„Du hast es richtig erkannt! Wir sind keine Märchengestalten, sondern Lichtwesen aus dem Universum. Ich bin Esperanza und das ist meine Schwester Violetta." Dabei deutete sie mit ihrem Zeigefinger auf ihre Begleiterin, während sie weitersprach: *„Unser Vater hat uns zu dir geschickt. Wir sind gekommen, um dir Hoffnung zu schenken!"* Dabei hockte sie sich neben den Drachen und lehnte sich an ihn. Er überragte sie um Längen, blickte erstaunt auf sie herunter und murmelte: *„Hoffnung? Wie?"*

Esperanza nickte und lächelte freundlich, während Violetta sich ebenfalls hinhockte und ihn sanft an einer der Drachenschuppe berührte. *„Du darfst nicht aufgeben! Nimm einen Schluck Hoffnung aus Esperanzas Krug, dann geht es dir gleich viel besser!"*, verkündete Violetta stolz, um ihre Schwester zu unterstützen.

Er schüttelte leicht den Kopf. *„Nein, mein elendes Dasein ist eine Qual! Ich bin zum Drachen mutiert und war einst ein liebenswerter Thronprinz. So wie ich jetzt ausschaue möchte ich nicht weiterleben. Jeder fürchtet sich vor mir, weil ich so riesig bin und flüchtet schreiend von dannen."*

Noch bevor seine Worte verklungen waren, schwebte Ramona in ihrem grünen Schein in Begleitung von acht schneeweißen Tauben herbei, die sofort gurrten und riefen: *„Nimm endlich den Schluck Hoffnung, denn deine negative Stimmung schmerzt uns alle! Spätestens dann wird dir bewusst, dass dein Leben noch Sinn macht, wenn du die Wahrheit erkennst. Lass uns hinterher gemeinsam die Lüfte stürmen und ein Abenteuer nach dem anderen erleben."*

Der grüne Drachen war noch nicht überzeugt, spannte seine Flügel aus, um aufzusteigen und davon zu fliegen zum *Meer der Wasserwelten*. Doch dies vereitelte die rosaschimmernde Corona, die in Begleitung von vier glitzernden Sternenkinder mit Diamantenkrone über ihn herabschwebten. Ein Glitzerregenschauer ging über ihn wie Konfetti nieder, und er musste niesen. Dadurch bildete sich eine schimmernde Glitzerwolke, nebelte ihn komplett ein und genau in der Mitte offenbarte sich in der strahlenden Pracht seine glorreiche Zukunft.

Ihm wurde ein wunderschönes Mädchen mit einem bodenlangen blonden Zopf gezeigt, welches behutsam auf seinen Rücken kletterte. Sobald sie sicher saß und sich festhielt, flog er mit ihr weg und verbrachte eine glückliche Zeit in der Märchenwelt.

Dabei spuckte er aus Versehen grünes Feuer vor lauter Aufregung Richtung Berge, während die schneeweisen Tauben seinen Kopf anflogen und gurrten: *„ Trink endlich! "*

Daraufhin nahm er staunend einen großen Schluck *Hoffnung* aus dem durchsichtigen Krug, den ihm Esperanza weiterhin hinhielt. Sofort ebbte seine Todessehnsucht für immer ab. Dazu besprenkelten ihn die lachenden Sternenkinder mit Glitzerstaub aus ihrem Inneren. Augenblicklich schimmerte seine grüne Drachenhaut wie bei einer klaren Sternennacht.

Dies gefiel den Lichtwesen und auch den Sternenkindern. Sie tanzten händchenhaltend einen fröhlichen Reigen um ihn herum, bevor sie sich entfernten und zurückkehrten nach Hause ins Universum zum *Vater der Zeiten.*

Er lobte seine braven Töchter und schenkte ihnen noch mehr bedingungslose Liebe, die sie weitergaben an die Sternenkinder, die von da an noch viel schöner jede Nacht den Himmel der Märchenwelt erleuchteten.

Aber die acht schneeweißen Tauben blieben bei dem grünen *Glitzerdrachen* und freundeten sich eng mit ihm an. Gemeinsam flogen sie ganz oben über den Wolken und besuchten jeden Winkel des riesigen Märchenlandes. So erlebten die ungleichen Freunde das eine oder andere Abenteuer in der Wolkenwelt, bevor sie zu den *Wäldern der brüllenden Drachen* zurückkehrten und dort ebenfalls heimisch wurden. Sie alberten oft mit dem *Glitzerdrachen* herum, bis sie von der Geburt eines wunderschönen Zwergenmädchen erfuhren.

Maskenball

Es war einmal vor sehr langer Zeit ein wunderschöner blauer Prinz in edlen, kostbaren und goldenen Gewändern sowie behangen mit den wertvollsten Juwelen. Er lebte im riesigen Königreich Blueland. Der Thronprinz war so von seiner Schönheit und Eitelkeit überzeugt, dass ihm niemand das Wasser reichen konnte. Stundenlang stand er vor dem Spiegel und betrachtete sich von allen Seiten. Er bekam einfach nicht genug von seiner Erscheinung. Dazu war er ein echter Miesepeter. Auch hielt er die Dienerschaft des blauen Schlosses richtig auf Trab

Beim Essen mäkelte er immer fürchterlich herum. Entweder war es falsches Fleisch, Gemüse und Obst auf dem Teller, oder es war ihm zu heiß gekocht. Dann sah es nicht appetitlich genug aus. Ihm fielen immer neue Beanstandungen ein. Es passierte nicht nur einmal, dass er die Dienerschaft mit seinen Speisen ohne Vorwarnung bewarf. Mit Wein verhielt es sich ähnlich. Entweder schüttete er den Rotwein über dem Tisch aus oder warf ihnen den Krug an den Kopf.

Seine Eltern nervte sein Verhalten, aber sie hatten ihn von klein auf verzogen, und so wurde aus ihm ein gnadenloser Egoist. Deshalb wollten sie, dass er sich endlich eine Braut suchte, damit sie ihm zurechtstutzte. Aber keine der Prinzessinnen aus den Nachbarkönigreichen gefiel ihm oder entsprach seinen hohen Ansprüchen.

Sein Vater verlor langsam, aber sicher die Geduld und er zermarterte sich den Kopf, wie er seinem Sohn erpressen konnte, damit er endlich eine Braut auswählte. Schließlich wollte er, dass sein Sohn Ferdinand heiratete, damit er die Thronfolge sicherte, denn König Oliver war nicht mehr der Jüngste und seine Kräfte schwanden von Tag zu Tag.

Doch sein Sohn gehorchte ihm nicht und verspottete seinen Vater, während er sich immer mehr auflehnte und im Schloss kein Frieden mehr herrschte. Die Dienerschaft weigerte sich inzwischen ihn mit Speis und Trank zu versorgen. Auch ihm beim Anziehen zu helfen, verweigerten sie den Befehl und entschieden dem Königreich den Rücken zu kehren. Sie verließen Blueland und wanderten ins benachbarte Homeland aus.

Der König verzweifelte, und seine Gesundheit nahm immer mehr ab. Er konnte keine Nacht mehr ruhig schlafen und wälzte sich im dunkelblauen Himmelbett hin und her. Endlich kam ihn die rettende Idee.

So beschloss er, seinen Sohn vor einer drohenden Krankheit zu warnen, die die Bauern plötzlich befallen hatte. Zum Schutz aller Schlossbewohner schlug er vor Stoffmasken über den Mündern und Nasen zu tragen. Also wenn er nicht so enden wollte wie die armen, unschuldigen Bauern überall in Blueland, sollte er es ihnen gleichtun und sich nicht verweigern. Denn es gab natürlich noch kein geeignetes Heilmittel gegen diese gefährliche und tödliche Krankheit, die Ritter Kunibert aus Boomerland eingeschleppt hatte und dafür im Schlosspark gehängt wurde.

Sein Sohn reagierte, wie er es nicht anders erwartete mit Panik und schrie nach den Schneider, der ihm sofort mehrere Stoffmasken nähen sollte. Da dies aber noch Stunden dauern würde, rannte er ins Schlafgemach und zerteilte mit seinem Schwert sein Bettlaken und band sich dann einen Fetzen um Mund und Nase.

Der König wäre am liebsten in schallendes Gelächter ausgebrochen, wie dumm und gutgläubig sein Sohn war. Als ob ein Stofffetzen ihn vor einer tödlichen Krankheit beschützen konnte. Doch König Oliver spielte seine Rolle perfekt weiter und nahm ebenfalls einen Stofffetzen vom Boden auf und band ihn um sein Gesicht. Dabei flüsterte er: *„Sobald der Schneider fertig ist, werde ich den Heiler beauftragen eine Medizin zu kreieren, die uns vor dieser tödlichen Krankheit rettet."* Sofort schüttelte der Prinz zum ersten Mal seit Jahren aus Dankbarkeit die Hand seines Vaters und kroch dann ins Bett. Wie durch eine Wand hörte König Oliver seinen Sohn meckern: *„So ein Mist! Beeilen Sie sich, Vater! Ich will nicht durch diese abscheuliche Krankheit sterben. Ich bin noch so blutjung und voll in meiner Blüte."*

„Natürlich, Sohn!", antwortete der König und verließ eilig das Gemach seines Sohnes, um zu seiner Frau Henriette zu gehen. Doch, bevor er sie erreichte, riss er sich den Fetzen vom Gesicht und stopfte ihn in seine Hosentasche. Sie wartete bereits geduldig auf ihren Angetrauten und blickte ihn mit großen Augen an, während sie ihm zuflüsterte: *„Geliebter, hat er es geglaubt?"*

„Gewiss, meine Liebste!"

„Aber er kennt doch den Heiler persönlich! Schließlich sind sie zusammen aufgewachsen. Was ist, wenn er diese Scharade nicht mitspielt?"

„Keine Sorge, meine Liebe, er ist bestechlich, und wenn ich ihn mit Gold zuschütte, wird er sich hüten nicht mitzuspielen!"

Also suchten die Königsleute den Heiler auf, der in einem ärmlichen Häuschen im Wald lebte. Der König knallte einen Sack, gefüllt mit Goldstücken auf den Tisch und erkaufte sich so den Heiler. Dabei befahl ihm der König, dass er mehrere solche Mixturen herstellen sollte, die vielversprechend waren, um von einer erfundenen Krankheit zu heilen. Nur eine Bedingung sprach der König aus: Die gebraute Mixtur musste fürchterlich schmecken und zum Erbrechen und Unwohlsein führen, damit sein Sohn krank, aber auf keinen Fall verstarb, um ihn dann für seinen Zweck zu erpressen. Noch eins fügte er hinzu, dass er sich für die Herstellung viel Zeit nehmen sollte.

Der Heiler versprach so zu handeln, wie es ihm auferlegt wurde und machte sich sofort an die Arbeit, braute aus Pflanzen einen Saft und benutzte zusätzlich noch unterschiedlichste Kräuter und Pilze. Dann begann er mit der Herstellung der ersten, zweiten und dritten Mixtur.

Inzwischen kehrte der König gemeinsam mit dem Schneider zurück zu seinem Sohn. Der Schneider hatte zahlreiche Masken aus Stoff genäht, welche er dem Prinz präsentierte. Noch bevor der Thronprinz Ferdinand seinen Mund aufmachen konnte, um sich über die Muster oder Farben der Masken aufzuregen, ergriff König Oliver das Wort: *„Sohn, wähle schnell und entscheide, welche Stoffmaske du zuerst tragen willst. Denn der Heiler braucht Wochen, bis er ein geeignetes Mittel gefunden hat gegen diese schreckliche und unbarmherzige Krankheit. Sobald deine Nase anfängt zu laufen beginnt das Fieber und der Husten. Dann hast du dich angesteckt und musst um dein Leben fürchten! Das hat mir Gunter, der Dorfälteste vor seinem Tod berichtet, als ich noch genügen Abstand hielt, damit ich mich nicht anstecke! Zum Glück hat mich auch die Stoffmaske vor Schlimmeren bewahrt!"* König Oliver war Weltmeister im Flunkern und sich Geschichten auszudenken.

Ferdinand überlegte keinen Moment länger, nickte bloß, riss sich den Stofffetzen vom Gesicht und griff nach einer goldenen Stoffmaske mit Blumenmuster, welche er sich sofort umband.

„Gut, dass du die Lage richtig einschätzt, mein Sohn! Die goldenen Stoffmasken schützen dich und andere vor der Krankheit am besten", murmelte der König und verließ dann das Gemach seines verängstigten Sohnes. Dabei kämpfte er die ganze Zeit gegen einen Lachanfall an.

Wochen und Monate zogen ins Land und der Thronprinz wartete geduldig auf das ersehnte Heilmittel gegen diese schlimme, ansteckende und tödliche Krankheit, die, wie ihm berichtet wurde, bereits zahlreiche Opfer forderte. Er selbst wagte sich nicht mehr hinaus ins Freie und trug die Stoffmaske am Morgen wie am Abend ohne jeglichen Widerspruch. Nur zum Essen und zur Nacht nahm er sie ab, weil es hieß, wenn er schlief, würde die Krankheit ihn nicht befallen.

Da er sein Gemach nie verließ sah er auch nicht, dass seine Eltern keine Stoffmasken trugen, wenn sie unter sich waren. Die verbleibende Dienerschaft aber schon, denn der König war zu geizig, um sie ebenfalls zu bestechen und so den Betrug über diese angebliche tödliche Krankheit zu offenbaren. Deshalb verschwieg er ihnen, dass es sich nur um die normale Grippe handelte, die jedes Jahr im Herbst und im Winter überall das Zepter übernahm und zum Unwohlsein bei einigen Untertanen führte. Schließlich sollte das Spiel weitergehen, um alle in der Panik zu halten, damit Ferdinand die Lüge nicht entlarvte. Er sollte seine Lektion lernen und wieder auf seinen Vater hören, wie früher als er noch ein Knabe war, wenn er ihm erneut befahl eine Braut zu heiraten.

Endlich kam der Heiler und verkündete, er hätte mehrere Heilmittel gebraut und müsste an Freiwilligen schauen, ob es tatsächlich gegen die tödliche Krankheit wirkte. Eher er sich versah war der Thronprinz bei ihm, boxte sich durch die Dienerschaft vorbei und rief: *„Her damit! Ich will als erster gesund bleiben!"* Dabei riss er sich die Stoffmaske vom Mund.

„Das ist zu gefährlich, Prinz! Ich garantiere ohne Test nicht die Wirkung!"

„Mir egal!", kreischte er und entriss dem Heiler eins seiner fünf Fläschchen. Bevor dieser jedoch reagieren konnte, setzte der Prinz schon an und schluckte die Flüssigkeit hinunter. Gleichzeitig verzog er das Gesicht, als ob er in eine Zitrone gebissen hätte und schüttelte sich am ganzen Körper.

„Ich sagte doch, es soll erst getestet werden bei der Dienerschaft!"

Prinz Ferdinand knurrte verächtlich und schlug mit seinen geballten Fäusten auf den Heiler ein. Nur sein Vater stoppte ihn, indem er ihn zurückkriss. *„Lass den Heiler in Ruhe! Er hat dich gewarnt! Außerdem müssen wir schauen, ob es wirkt, bevor du die einzige Person totschlägst, welche fähig ist ein Heilmittel zu entwickeln."*

Brummend gab der Prinz nach und wankte plötzlich wie ein Betrunkener, der zu tief in den Weinkrug geschaut hatte. Dann veränderte sich seine Gesichtsfarbe, wurde aschblau, bis er sich wieder und wieder übergab. Gleichzeitig spiegelte sich in seinen

Augen die blanke Panik, als er herausstieß: *„Hilfe, ich sterbe! Bitte rettet mich! Der Verbrecher hat mich vergiftet!"*

„Das ist nur eine Nebenwirkung! Sie geht vorbei!", antwortete der Heiler geschwind.

Doch es dauerte Stunden, bis es dem Prinzen etwas besser ging. Aber trotzdem konnte er keine Nahrung bei sich behalten und erbrach sich weiter und weiter. Zusätzlich suchten ihm Krämpfe im Magen heim, die ihn durchschüttelten, und er bekam hohes Fieber.

Seine Mutter Henriette wich nicht von seiner Seite und stand ihm händchenhaltend bei, bis König Oliver kam und seinem Sohn mitteilte: *„Hör mir zu, der Heiler hat mich aufklärt, dass er nun das richtige Heilmittel an der Dienerschaft ausgetestet hat. Er wird es dir einflößen, wenn du einverstanden bist eine Braut zu erwählen. Nur dann wird es seine volle Wirkung entfalten!"*

Um seinen üblen Zustand zu beenden, blieb dem Thronprinzen nichts anderes übrig als zuzustimmen und klein beizugeben.

Somit überrumpelte er wie geplant seinen einzigen Sohn und richtete deshalb einen Maskenball aus, damit Ferdinand seine Ehefrau erwählte. Dafür lud er drei Prinzessinnen ein, die dem König zusagten. Es waren Schwestern. Als Rache für Ferdinands ungehorsam war eine hässlicher als die andere. Jede der Auserwählten trug unterschiedliche Tiermasken und festliche Gewänder aus purem Gold. Die Jüngste schmückte eine Eulenmaske, die Mittlere eine Wolfsmaske und die Älteste trug eine Drachenmaske.

Der Thronprinz trug weiter seine goldene Stoffmaske, während seine Eltern sich ebenfalls mit Masken von Tieren schmückten. Seine Mutter wählte dafür eine Adlermaske und sein Vater eine Löwenmaske aus.

Dies schien Ferdinand gar nicht zu interessieren, denn seine Augen ruhten auf den Prinzessinnen, bis sein Vater ihn seelenruhig fragte: *„Für welche entscheidest du dich, Sohn?"* Dabei deutete er auf die drei weiblichen Gäste.

„*Ich kauf doch nicht die Katze im Sack!*", rief er störrisch aus und stampfte mit dem rechten Fuß auf.

„*Dann musst du ein Leben lang ohne ein Heilmittel auskommen und jeden Tag weiter mit der Angst leben, dass die Krankheit dich bald niederstreckt!*", kommentierte König Oliver besonnen.

Brummend murmelte der Prinz: „*Na, dann entscheide ich mich eben für die Prinzessin mit der Drachenmaske!*"

Als das Mädchen, das hörte nahm sie ihre Maske ab. Entsetzt riss Ferdinand die Augen auf, als er die Hässlichkeit der Prinzessin registrierte und brüllte: „*Nein, nicht die ... ich wähle eine andere! Ich nehme die mit der Eule! Ja, die mit der Eulenmaske!*"

„*Zu spät!*", donnerte der König. „*Einmal ausgewählt ... ist ausgewählt!*"

So musste der Prinz die Prinzessin widerwillig heiraten und erst hinterher bekam er die Wundermixtur, die ihn vor der tödlichen Krankheit schützen sollte, wie es ihm sein Vater berichtete. Die Mixtur schmeckte widerlich. Aber diesmal hatte er keine Nebenwirkungen. Wutentbrannt schämte sich Ferdinand für seine Auserwählte, aber er war nun verdammt mit ihr das Bett und das Königreich nach seiner prunkvollen Hochzeit zu teilen.

Erst nach Jahren erfuhr er am Sterbebett seines Vaters von der nicht wirkenden Mixtur und der List, die der alte König angewandt hatte, damit sein Sohn eine Braut erwählte, um so die Thronfolge für Jahre zu sichern.

Zuerst rastete Ferdinand aus, der jetzt König war, und hätte am liebsten seine Ehefrau Emily dafür bestraft und davongejagt. Aber als er sie erblickte, wie sie ihre gemeinsame Tochter Gisela stillte hielt er inne. Denn es wurde ihm bewusst, dass es nicht auf das Aussehen ankam, sondern dass die innere Schönheit und der Charakter wichtiger war als alles andere. In diesem Moment erkannte er, was für ein aufgeblasener Gockel er war und schämte sich wieder bis aufs Blut.

Dies bemerkte seine Angetraute und lächelte ihn freundlich an, während sie ihm mitteilte: *„Ich liebe dich! Und ich bin so dankbar, dass du mich erwählt hast anstatt eine meiner Schwestern. Du bist mein Leben!"* Schmachtend warf sie ihm einen Luftkuss zu.

Er nickte verträumt, und zum ersten Mal sah er seine Ehefrau liebevoll und gütig an, während er antwortete: *„Dito!"*

Seitdem lebte die kleine Königsfamilie aus Blueland glücklich und zufrieden bis an ihr Lebensende in Liebe und Frieden. Ihren wurden noch weitere zwei wunderschöne Töchter und ein hässlicher Sohn geschenkt, der später in die Fußstapfen des Vaters trat und sich genauso zu einem gütigen König mauserte. Aber dies ist ein anderes Märchen.

Zwei Königskinder

Es war einmal noch bevor die Elfen und Feen Verbündete oder Freunde waren und jeder sein Gebiet für sich beanspruchte. Da wurden die Grenzen ganz genau bewacht auf beiden Seiten, denn sie vertrauten sich nicht gegenseitig. Oft gab es Missverständnisse oder Streit. Die Feen und Elfen waren sich nicht grün und bekämpften sich zuerst mit Worten, die an Beleidigung grenzte. Misstrauen beherrschte ihre Sinne und keiner gab nach, um Vertrauen aufzubauen.

Die Feenkönigin Pfefferminze, gezeichnet vom hohem Alter, jedoch mit scharfen Verstand tat sich besonders schwer, sich mit dem Elfenkönig Kunibert zu treffen, um die Grenzen ihrer Länder neu abzustecken. Keiner wollte nachgeben und bestand auf den Besitz der *Landesgrenze der Urväter* in der Märchenwelt. Die Fronten vereisten immer mehr und die Segel standen auf Krieg zwischen den beiden Märchenvölkern. Als ob das nicht schon genügte, meinten beide Seiten, dass ihre Magie die stärkere und bessere wäre.

So kam es dazu, dass sie ihre Magie einsetzten, um die Grenzen zu bewachen. Frieden existierte nicht mehr und die Feen und Elfen verfeindeten sich unaufhaltsam. Der Streit explodierte, als ein Elf sich lebensbedrohlich verletzte. Der Elfenkönig verlangte Aushändigung der Täterin, damit auch ihr Blut vergossen wurde.

Pfefferminze war untröstlich, weil sie das nicht befohlen hatte. Aber die schuldige Fee Viola beteuerte, dass es ein Versehen war und sie den Elf kein Leid zufügen wollte, da er ihr in die Quere kam, als sie ihre Magie ausprobierte. Sie hatte Feenmagie benutzt, um eine schöne Waldwiese mit bunten Blumen zu erschaffen. Als sie es anwandte traf sie den Elf und der Getroffene stürzte vom Himmel, schlug mit dem Kopf auf eine Baumwurzel und blutete an der Stirn. Dabei verlor er das Bewusstsein und fiel in einen tiefen Schlaf. Viola kümmerte sich um den Verletzten und rief nach Hilfe.

Ihre Feenschwestern eilten zu ihr und versorgten den Geschädigten. Da sie den Elf nicht wach bekamen, flogen sie mit ihm zur Grenze. Die Elfen waren außer sich und brüllten sie an. Anstatt sich um den Verletzten zu kümmern, bewarfen sie die Feen mit Steinen. Daher blieb ihnen nichts anderes übrig als das Weite zu suchen. Die Elfenbrüder hoben ihren Bruder auf und flogen mit ihm zum Elfenkönig. Ihm berichteten sie was sich zugetragen hatte. Wut kroch in ihm hoch und er brüllte nach Rache.

Pfefferminze versuchte mit ihm zu verhandeln, doch er ließ sie kaum zu Wort kommen. Sie berichtete ihm was sich zugetragen hatte. Doch mit dieser Erklärung gab sich Kunibert nicht zufrieden. Er beendete das Treffen und versammelte seine Elfenarmee unter seinem Königsbanner, überflog die Grenze und griff eines Nachts das Feenreich an. Die Feen wurden im Schlaf überrascht und waren beinahe wehrlos. Kunibert nahm Pfefferminze gefangen, weil Viola nicht zu finden war. Seine Anhänger verschleppten die Feenkönigin ins Elfenland. Dort sperrte Kunibert sie in den Kerker seines Schlosses und forderte von ihrem Volk die Auslieferung der schuldigen Fee.

Doch Viola war so unglücklich und hatte das Feenreich verlassen und zog ins Zwergenland. Da sie keinen einweihte wussten die Feen nicht, wo sie sich aufhielt, und konnten somit nicht den Austausch vollziehen.

Der Elfenkönig war stur wie ein Bock, glaubte ihnen nicht und beschloss, dass die Feenkönigin im Kerker versauern sollte. Selbst auf seinen Berater Rigas hörte er nicht und so vergingen die Jahre, ohne das Frieden zwischen ihren Völkern herrschte. Überraschenderweise bekam der in die Jahre gekommene Elfenkönig einen Sohn, den er über alles liebte. Sein Groll verflog mit der Zeit. Aber Pfefferminze ließ er nicht frei, sondern verlangte von ihr, dass sie ihre Magie preisgab. Doch die Feenkönigin widersprach und widerstand seinen Drohungen. Da er nicht an sein Ziel kam, verbannte er Pfefferminze in eine Burg am hohen Berg. Dort zog sie ein und wurde wieder in einen Kerker gesperrt.

Inzwischen wuchs sein Sohn Oskar behütet heran und liebte das Elfenland. Er besuchte jeden Winkel des Reiches und kannte sich bestens aus. Doch eines frühlingsmorgens flog er zum Silbersee, der seinen Name dem Silberfund am Wassergrund verdankte. Verträumt schwebte er über das Wasser und bemerkte nicht, dass er unbeabsichtigt die Grenze zum Feenreich überflog. Im gleichen Moment schwebte die Feenprinzessin Melisse vergnügt heran. Auch sie achtete nicht auf ihre Flugbahn. So geschah es, dass die beiden Märchengestalten zusammenprallten, ins Torkeln gerieten und anschließend ins Wasser plumpsten.

Sie gingen sofort unter und kämpften beide darum, nicht zu ertrinken. Oskar gelang es als Ersten, den Kopf über Wasser zu halten. Melisse hatte mehr Probleme und paddelte, nach Luft schnappend hin und her. Sie drohte wieder unterzugehen. Aber dies ließ der Elfenprinz nicht zu. Er half ihr, und sie schwammen gemeinsam ans Elfenufer. Erst jetzt wurde Oskar bewusst, dass er ein Feenmädchen gerettet hatte. Auch in ihrem Gesicht war zu erkennen, dass sie wusste, wer sie gerettet hatte. Sie wollte panisch in die Luft entschweben, doch ihre nassen Flügel ließen es nicht zu. Ängstlich wich sie zurück und wäre fast wieder ins Wasser gefallen, wenn der Elfenprinz sie nicht am glitzernden, knielangen, bläulichen Kleidchen erwischt hätte. Melisses Mund öffnete sich. Doch ihre Stimme versagte. Daher sprach er sie an: *„Fürchte dich nicht! Ich tue dir nichts. Ich will nur nicht, dass du jetzt noch ertrinkst. Sonst beschuldigen mich noch deine Leute dich ermordet zu haben."*

„Du hast mich entführt!", protestierte Melisse und versuchte erneut abzuheben. Mit den gleichen Erfolg. Ihre Flügel waren noch nicht getrocknet. *„Moment! Wärst du lieber ertrunken? Ich hatte keine Wahl! Sollte ich dich absaufen lassen? Wieso dankst du mir nicht? Entführt ... lächerlich!"*, rief er zornig.

„*Ja, du hättest mich zu meinem Ufer bringen können.*"

„*Damit mich die Feen gefangen nehmen! Nein, danke! Kein Bedarf!*", motzte er und versuchte ebenfalls zu fliegen. Doch auch seine Flügel waren nass und er gab es auf, in die Lüfte zu entschwinden.

„*Ja, super! Dafür bin ich jetzt deine Gefangene.*"

„*Quatsch mit Soße! Erzähl doch nicht so ein Mist! Ich nehme doch keine Feen mit nach Hause. Schließlich sind wir keine Freunde, sondern Gegner. Mein Vater würde mich durchkneten.*"

„*Dann sitzen wir im selben Boot!*", stellte sie trocken fest, und ein Schmunzeln suchte ihre blauen Lippe heim. „*Und was machen wir jetzt?*"

„*Wir sind nass bis auf die Knochen. Lass uns in die Sonne setzen. Dann können wir sicher wieder fliegen.*"

„*Gute Idee*", lobte Melisse den Elfenprinzen. „*Und dann?*"

„*Dann fliegst du zurück in dein Feenreich.*"

„*Du lässt mich wirklich gehen?*"

„*Natürlich! Nur darfst du es meinem Vater nicht verraten.*"

„*Sicher nicht! Und du nicht meiner Mutter. Sie würde es sowieso nicht glauben, dass du mich gerettet hast. Schließlich sind Feen und Elfen verfeindet seit siebzehn Jahren.*"

Anstatt ihr zu antworten, reichte er ihr seine rechte Hand. Sie schlug ein und er murmelte: „*Freunde.*" Sie nickte und beide gingen gemeinsam vom Ufer weg und suchten sich ein sonniges Plätzchen in einer Waldlichtung. Innerhalb eine Viertelstunde waren sie getrocknet. Trotzdem blieben sie sitzen, lachten sogar und unterhielten sich wie alte Freunde weiter, bis die Sonne den Zenit erreichte.

„*Oh, so spät!*", rief Melisse aus. „*Ich muss zurück. Meine Mutter wird mich schon vermissen. Eigentlich wollte ich nur Beeren sammeln und kein Bad nehmen*", scherzte sie grinsend.

„*Genau wie ich*", witzelt er ebenso. Sie lächelte ihn an und hob ab. Doch sie blieb in der Luft stehen und winkte ihm zu.

„Warte! Ich begleite dich ein Stück. Nicht dass du noch auf Elfen triffst, die dich nicht nach Hause fliegen lassen." Er wartete wieder nicht ihre Antwort ab und schwebte zu ihr. So flogen sie gemeinsam bis zum Seeufer, ohne auf andere Elfen zu treffen.

„Wenn du magst, können wir uns wiedersehen in der Mitte des Sees."

„Vielleicht", raunte sie ihm zu und tänzelte kreuz und quer über den Silbersee. Er beobachtete sie, bis sie in den Bäumen am anderen Ufer verschwand. Dann kehrte er zurück zu seinem Vater, der ihn schon erwartete und sich wunderte, wo er so lange geblieben war. Er verschwieg ihm seine Begegnung mit der schönen blauen Fee und tischte ihm die Lüge auf, dass er in eine Jägerfalle hineingeflogen war und sich erst befreien musste. Dabei verlor er seine Blätterkrone behauptete er. Das sie aber im Wasser abhanden kam verschwieg er ebenso, sonst wäre seine Lüge aufgeflogen. Damit gab sich sein Vater zufrieden und ließ ihn in Ruhe.

Der Elfenprinz konnte nicht anders als immer nur an die Fee zu denken, dessen Name er noch nicht einmal erfahren hatte. Sogar im Schlaf verfolgte sie Oskar und wenn er erwachte, war er nicht sicher, ob es sich nur um einen Traum handelte.

Immer wenn er Zeit fand, kehrte er zum Silbersee zurück. Aber leider fehlte jede Spur des Feenmädchens. Er gab schließlich auf, dass er sie jemals wiedersehen würde. Trotzdem ging sie ihm nicht aus dem Kopf. Sie war so schön, anmutig und reizend zugleich. Ihre Stimme so lieblich wie bei den Glockenblumen. Er wünschte es sich so sehr sie noch einmal in Natura zu treffen.

Als er die Hoffnung begraben hatte und der Sommertag so heiß war, beschloss er eine Runde schwimmen zu gehen, um sich abzukühlen. Die Hitze setzte ihm zu, da fiel ihm der Silbersee ein und er flog zu ihm. Am Wasserufer traute er seinen Augen nicht, als er die blaue Fee entdeckte. Sie schwebte auf ihm zu und rief: *„Endlich! Ich dachte, ich sehe dich nie wieder. Wie oft war ich hier, um nach dir zu schauen! Aber du bist nie gekommen."*

„Dann haben wir uns immer verpasst", gestand er und schwebte auf sie zu. Voller Freude tänzelten sie eng nebeneinander über den Silbersee und lachten zusammen, wenn sie mit den Füßen die Wasseroberfläche berührten. Dieses Spiel wiederholten sie bis zum Sonnenuntergang. Danach verabredeten sie sich für den nächsten Tag. Den ganzen Sommer trafen sich die beiden und verliebten sich immer mehr ineinander. Sie konnten es sich nicht erklären, warum sich ihre Völker so verfeindet hatten. Oskar und Melisse harmonierten doch so fantastisch. Selbst ihre Magie vereinigten sie und erschufen neue Kreationen von farbenfrohen Blumen, Pflanzen und Bäume. Es gelang ihnen sogar ein winziges sieben farbiges Fabeltier mit Flügel und Glitzer zum Leben zu erwecken. Sie tauften es Regenbogenpferdchen, weil es wieherte.

Deshalb wollten sie für immer zusammen sein. Aber wie sollten sie es ihren Verwandten beibringen, dass sie ein Liebespaar waren? Denn beide wussten, dass die Abgrenzung strengstens bewacht wurde. Wie sollte es Melisse gelingen, den Elfenprinzen über die Grenze zu schmuggeln? Man sah ihm doch sofort an, dass er ein Elf war. Sich verkleiden würde auch nichts bringen. Seine grüne Hautfarbe verriet ihn. Sie wegschminken würde auch auffallen. Da erinnerte sie sich, dass die Feenwachen jeden Besucher testeten, ob der Ankömmling kein Elf war. Dafür hatten sie extra einen piksenden Dornentest entwickelt aus den Stiel der blauen Rose, der sofort anschlug, wenn kein Feenblut in den Adern floss.

Dieser Wahnsinn ging inzwischen schon so weit, dass nicht nur jeder Fremde getestet wurde, sondern auch Feen, die aus anderen Gegenden der Märchenwelt zurückkehrten. Das hatte ihre Mutter angeordnet, weil sie Panik hatte, dass sich Elfen wieder trauen würden, ins Feenreich unangemeldet einzudringen.

Oskar merkte, dass Melisse etwas bedrückte und fragte sie was los sei. Sie klärte ihn auf und er verstand, was dies bedeutete. Dann erzählte er ihr, dass die Elfen genauso einen Dornentest benutzen, um Feen zu entlarven. *Was für eine verrückte Welt?*, kamen beide zu dem Schluss. Aber das Größte war, dass der Dornentest selbst auf Elfen reagierte und sie als Fee auswies. Da gestand Melisse ihm laut, dass es sich bei den Feen-Dornentest genauso ereignete. Diese Auswertung entpuppte sich zum Witz des Jahrhunderts und bewies nur die Sinnlosigkeit. Darüber amüsierten sie sich und lachten so laut, dass sie von beiden Seiten erwischt wurden.

Völlig fassungslos standen sich beide Parteien gegenüber und beobachteten, wie Oskar und Melisse händchenhaltend über den Silbersee schwebten. Jeder der beiden wurde von ihrem Volk gerufen. Doch die beiden Königskinder störten sich nicht daran, sondern tänzelten weiter vergnügt über der Wasseroberfläche, bis der Elfenkönig erbost seine Armee schickte, um den Prinzen zu holen. Doch, bevor sie ihn erreichten, sprangen Oskar und Melisse ins Wasser und tauchten unter. Da die Elfen wasserscheu waren, verharrten sie in der Luft.

Entsetzt schrien die Feen und Elfen wie aus einem Mund. Jeder dachte, dass die Königskinder ums Leben gekommen waren. Doch, bevor sie sich gegenseitig beschuldigen konnten, wer die Verantwortung dafür trug, tauchten die beiden auf und schwammen im Wasser vergnügt umher. Dann teilten sie ihren Völkern mit, dass sie erst den Silbersee verlassen würden, wenn sich die verfeindeten Märchenwesen nicht an die Gurgel sprangen.

Es dauerte fast eine Stunde, bis sich die Gegner nicht mehr anschrien, normal miteinander redeten und verhandelten. Sie waren sogar einverstanden sich zu treffen, damit die Königskinder endlich aus dem Wasser kamen, bevor sie nicht doch noch ertranken, weil inzwischen ihnen die Erschöpfung in den Gesichtern standen.

Erst dann verließen die beiden den Silbersee und sorgten dafür, dass der Elfenkönig und die amtierende Feenkönigin Veilchen vernünftig miteinander nach etlichen Jahren sprachen. Schließlich einigten sie sich und der Elfenkönig versprach als Wiedergutmachung und Akt seines guten Willens zum Frieden, die gefangene ehemalige Feenkönigin Pfefferminze freizulassen. Damit es nicht erneut zu Streitigkeiten zwischen den beiden Märchenvölkern kam, schlug die amtierende Feenkönigin Veilchen vor, dass Oskar und Melisse als gutes Zeichen des Waffenstillstandes und später als Friedensabkommen einen Ehebund schließen sollten. Ohne zu überlegen, stimmte die Königskinder zu und küssten sich leidenschaftlich.

Die Hochzeit fand am nächsten Vollmond statt und wurde über drei Tage und drei Nächte von den Feen und Elfen gefeiert. Auch Viola wurde eingeladen und durch den Elfenkönig von sämtlicher Schuld freigesprochen. Pfefferminze war nicht mehr nachtragend, als sie mit ansah wie verliebt ihre Enkeltochter in den Elfenprinzen war. Denn schlecht behandelt wurde sie nicht im Kerker. Sie musste auch nicht einen einzigen Tag an Hunger leiden. Es gab für sie immer genug Honey und Blütensaft.

Seit diesem Ereignis herrschte Frieden zwischen beiden Märchenvölkern und ihre alte Fehde geriet schnell in Vergessenheit. Es spielte nie mehr eine Rolle, wer über bessere oder stärkere Magie verfügte. Sie waren sich einig und ließen sich nicht spalten oder entzweien. Oft sogar benutzen sie ihre zauberhafte Magie gemeinsam und erschufen wunderbare farbenprächtige Fabelwesen, Blumen, Pflanzen und Bäume im Elfenland sowie im Feenreich.

Oskar und Melisse liebten sich innig und galten als glückliches Ehepaar im ganzen Elfenland, wo sie seit der Trauung gemeinsam wohnten. Sie besuchten aber auch oft das Feenreich, besonders nach der Geburt ihres ersten Kindes. Der Junge erbte das beste von beiden Eltern. Er hatte die Merkmale der spitzen Ohren der Feen, aber verfügte über grüne Hautfarbe, dafür blaue wellige Haare, wie seine Mutter. Aber besonders sein Einfühlungsvermögen war legendär und sein gutes Herz zeichnete ihn aus.

Das Beste jedoch war, dass bis zum heutigen Tage die Freundschaft und der Frieden zwischen den Elfen und Feen regierte, einschließlich allen anderen Märchenbewohnern inbegriffen. Dies wurde erst möglich durch die wahre Liebe zwischen den Königskindern Oskar und Melisse, dessen Ehebund nun für immer Bestand hat.

Die schwarzen Ritter

*E*s war einmal vor langer Zeit, da gab es eine Kaste von schwarzen Rittern, die vom Nordkönig mit schneeweißem Haar auserwählt wurden. Viele Jünglinge wünschten sich so sehr zu sein wie die schwarzen Ritter des Nordkönigs, welcher stolz war über diese besondere auserkorene Armee. Doch nur die allerbesten wurden als schwarze Ritter zugelassen, bevor der Herrscher sie überhaupt zu Gesicht bekam.

Es bewarben sich viele Knappen, um dem Königreich zu dienen. Doch die meisten scheiterten, weil sie die Wettkämpfe nicht überlebten, welche an Grausamkeit kaum in Worte zu fassen waren und wo Blut nur so in Strömen floss.

Wer überlebte wurde akzeptiert und durfte eine Ausbildung in den Pferdeställen der schwarzen Ritter beginnen. Dabei lernten sie das Reiten und das Kämpfen in unterschiedlichen Kampfarten. Auch lernten sie in ihren schweren Rüstungen die Kunst des Schwertkampfes und ebenso die Armbrust zu benutzen. Schmerz und Entbehrungen standen immer auf der Tagesordnung.

Nach etwa zehn Jahren hatte das Königreich die besten Ritter ausgebildet. Deshalb beschloss der Nordkönig sein Reich zu vergrößern, um weitere Reichtümer anzuhäufen, in dem er sein Volk auspresste wie eine Apfelsinne. Währenddessen fielen seine schwarzen Ritter über das eine oder andere Land her, um deren Bewohner gewaltsam zu vertreiben oder zu versklaven. Besonders schwache Untertanen bekamen die Brutalität zu spüren und wurden mit Hilfe der Schwerter niedergeknüppelt. Das ging so lange gut, bis sich eines schönen Tages plötzlich eine weise Heilerin mit langen feuerrotem Haar in den Weg der schwarzen Ritter stellte und sie aufforderte, ihre schlimmen Taten zu überdenken und zu bereuen. Die Ritter lachten sie schallend aus und nahmen sie brutal gefangen. Sie zerrten die Heilerin hinter ihren Pferden durch das eroberte Land. Je mehr sie die Frau verspotteten und deformierten, machte es das Frauenzimmer nur stärker. Das trieb die schwarzen Ritter zur Weißglut und sie rissen ihr das ärmliche dunkelbraune Kleid samt Umhang vom Leib. Dann fingen sie an sie zuerst zu bespucken und schließlich mit den Schwertern zu verprügeln. Als sie dachten, sie hätten das Weib erschlagen und sie wäre gestorben, erhob sie sich wie durch ein Wunder ohne jegliche Probleme und begann zu reden: *„Das was Ihr nicht wollt, dass es Euch angetan werden soll, sollt Ihr auch keinem anderen Lebewesen zufügen!"*

Wieder lachten die schwarzen Ritter die Heilerin aus. Der Anführer jedoch zückte sein Schwert, zielte auf ihre Brust und durchbohrte die Ahnungslose mit einem heftigen Stich. Als ihr toter Körper wie in Zeitlupe zu Boden fiel, löste sich gleichzeitig ihre Gestalt ins Nichts auf, als ob sie nie existierte. Dafür bildete sich ein grüner Schleiernebel und hüllte alle erschrockenen Rittersleute ein.

Schreie erklangen. Die schwarzen Ritter sprangen panisch von ihren ebenso schwarzen Hengsten herunter und sanken auf die Knie. Ihre Haut wirkte wie verbrannt und roch nach verkohltem Fleisch, während sie umfielen wie die Fliegen und mausetot waren.

Nur ein Knappe in schäbiger Bauernkluft überlebte als einziger Zeuge und rannte davon, als ob der Teufel hinter seiner Seele her wäre. Er hörte erst damit auf, als er den Nordkönig erreichte und ihm von der Heilerin berichtete.

Ungläubig schaute der Herrscher ihn an und schüttelte den Kopf so fest, dass sein schulterlanger Zopf hin und her schwang. Zornig verlangte er Beweise. Aber der Knappe, der noch sehr jung und unerfahren war, zuckte nur mit den Schultern.

Dieses Gebaren erzürnte ihn noch mehr und er befahl den Jüngling in den Kerker zu werfen. Voller Verzweiflung streckte der Knappe seine Hände nach seinem Herrn und Gebieter aus und berührte ihn leicht an der linken Hand. Dort, wo der Knappe ihn erwischte, bekam der Nordkönig einen roten Ausschlag, der sich zu lauter Blasen entwickelte.

Völlig außer sich trat der grausame Herrscher nach dem Knappen und traf ihn an der Schläfe. Der Jüngling starb noch an Ort und Stelle und wurde anschließend in den reißenden Fluss geworfen, wo der Leichnam sofort unterging.

Dieser Mord beruhigte den skrupellosen Nordkönig keineswegs. Doch ganz plötzlich begann er sich nach seiner schrecklichen Tat wild zu kratzen. Der Ausschlag, der ihn jetzt befallen hatte, verschlimmerte sich und breitete sich immer weiter auf seinem muskulösen Körper aus.

Keiner seiner Heiler war in der Lage, ihn von dieser unbekannten Plage zu befreien. Der verzweifelte Nordkönig schickte neue schwarze Ritter aus, um diesmal nach unbekannten Heilern zu suchen, die ihm Linderung verschaffen sollten.

Also ritten die schwarzen Ritter in viele Gegenden, aber keiner war in der Lage dem Herrscher zu helfen. Jedoch in einem winzigen Dorf weit, weit weg, trat eine alte, gebückte Frau mit Krückstock am Marktplatz hervor und hörte sich an, was die fremden Reiter berichteten. Da die Ritterzunft inzwischen so verzweifelt auftrat und nervös umher schritt, fragten sie die alte Frau, deren graue Haare bis zum Boden reichten, ob sie nicht eine Idee hätte, wie man dem Nordkönig helfen könnte.

Sie schaute jeden schwarzen Ritter tief in die Augen, nickte dann und antwortete schließlich: „*Der Nordkönig ist selbst schuld, denn er hat die einzige Heilerin der weißen Hügel durch seine brutale Ritterarmee abschlachten lassen. Sie wäre die Einzige gewesen, welche den Fluch durch ihre uralte, weiße Magie hätte brechen oder rückgängig machen können. Aber durch seine unendliche Habgier und seine enorme Machtsucht konnte ihn dieser Fluch nur befallen!*"

Ihr Anführer in seiner schwarzen, schweren Rüstung sah sie mit großen Augen an und wusste nicht, wie er reagieren sollte.

Schließlich erinnerte er sich, was der Knappe über die Heilerin erzählte und er fiel vor der alten Frau auf die Knie, küsste ihre ausgestreckte Hand und bat im Namen aller schwarzen Ritter um Verzeihung.

Die alte Frau lächelte, berührte ihn sanft an der linken Wange und ergriff erneut das Wort: *„Der Nordkönig soll selbst um Vergebung bitten und seinen falsch gewählten Weg verlassen. Sollte er dies jedoch nicht tun, dann wird er sich zu Tode kratzen. Denn es gibt keine Medizin auf dieser Welt, welche ihm noch heilen kann."*

„Wenn ich mit dieser Botschaft zurückkehre, wird der Nordkönig mich ebenfalls töten", jammerte der geläuterte Ritter wie ein kleines Kind, welches in Angst versetzt wurde.

„Nein!", widersprach die alte, weise Frau. *„Es wird dir kein Leid geschehen, weil du begriffen hast, dass der Nordkönig kein guter Herrscher ist, und dass seine schwarzen Ritter immer eine Wahl hatten, sich vom falschen Weg zu entfernen und keiner unschuldigen Seele Leid zuzufügen. Geh, bevor dein Herrscher und Befehlshaber keine Haut mehr besitzt, welche nicht vom Ausschlag befallen ist!"*

Der geläuterte Ritter nickte und verbeugte sich tief. Dann entfernte er sich mit schnellen Schritten, bestieg geschmeidig sein Hengst und ritt in einem Höllentempo davon.

Als er drei Tage geritten war erreichte er die Burg, wo der Nordkönig verzweifelt auf der Zugbrücke verängstig kauerte. Dabei kratzte er sich ohne Ende am ganzen Körper. Sobald sich ihre Blicke trafen, kämpfte sich der Herrscher geschwächt hoch, torkelte auf ihn zu und wollte wissen, ob der Hauptman Neuigkeiten zu berichten hätte. Er nickte und klärte dann seinen Herrscher auf. Dieser schien über die Worte der alten, unbekannten Frau erbost zu sein, denn er verspottete sie und beschimpfte sie als Lügnerin und Betrügerin. Der geläutete Ritter verstand nicht, warum sein Befehlshaber so reagierte, und ihm platzte die Hutschnur, während er ihn anschrie: *„Dann ist dir nicht zu helfen* *und der Ausschlag wird dich brutal und gnadenlos niederstrecken!"*

Bevor der Nordkönig wie in alten Zeiten seinen Untergebenen angreifen und ihm Schaden zufügen konnte, überfiel ihn erneut ein schrecklicher Juckanfall und er kratzte sich zu Tode.

Der Zurückgekehrte blickte mitleidig auf den Leichnam zu seinen Füßen, rief alle anderen Ritter zu sich und erklärte: *„Der Nordkönig war selbst schuld. Wir mussten in seinem Namen über Unschuldige herfallen, ihnen alles stehlen und sie mit unseren Schwertern brutal niederknüppeln. Das war nicht rechtens. Wir sind deshalb zur Widergutmachung verpflichtet, wo es nur möglich ist, und wir müssen um Vergebung bitten. Wir sind stolze Ritter der Tafelrunde! Und von heute an unterliegen wir einem Ehrenkodex der edelsten Ritterkaste. Wer diesen bricht wird das gleiche Schicksal teilen wie der unbarmherzige Nordkönig, der nur Unheil über das Land und sein Reich brachte. Es wird Zeit, dass endlich die goldenen Zeiten beginnen und das schreckliche Leid endgültig ein Ende findet! Deshalb legen wir heute diesen schwarzen Dreck ab und tragen nur noch goldene Rüstungen als Symbol der Gerechtigkeit und Nächstenliebe!"*

Wie aus dem Nichts erschien plötzlich die alte, weise Frau, und ein sanftes Lächeln umspielte ihre Lippen als sie verkündete: *„So sei es! Eure Schuld wird vergeben werden, wenn Ihr Euch alle an diesen Kodex der Ritterzunft haltet. Wenn nicht, ist Euer Ende besiegelt!"*

Die Ritter fielen allesamt auf die Knie und schworen nur noch für das Gute einzustehen und Leid von allen Bürgern des Reiches fernzuhalten, damit ihre Schuld für alle Zeiten getilgt sei.

Ja, und tatsächlich von diesem außergewöhnlichen Tage an herrschte Frieden und Freiheit im ganzen Reich. Dies sprach sich überall im Land und auf der ganzen Welt herum, und keiner hatte mehr etwas von der Kaste der Tafelritter des ehemaligen Nordkönigs zu befürchten.

Das faule Ei

Vor langer Zeit ritt *König Ludger der XXIV.* am Fluss vorbei und hörte plötzlich Babygeschrei. Er stoppte sofort seinen treuen schwarzen Hengst Blitz und sprang verwundert herunter. Mit schnellen Schritten lief er zum Flussufer. Dort entdeckte er im hohen Gras ein braunes Bündel, welches sich hastig hin und her bewegte. Er bückte sich und deckte vorsichtig das schreiende Etwas auf. Überrascht sah er ein winziges nacktes Mädchen mit braunen Haarlocken und nicht älter als ein paar Wochen. Es blutete leicht an der Stirn. Offensichtlich verletzte es jemand mit Absicht, als die besagte Person es hier ablegte. *„Warum macht sich jemand so viel Mühe und wirft es nicht gleich in den reißenden Fluss?"*, fragte sich der König mit hochgezogenen Augenbrauen, als er das wimmernde Baby aufhob.

Sofort hörte es auf zu weinen und schaute ihn mit ihren dunkelblauen Kulleraugen an. Da war es um den gutaussehenden König geschehen und er presste es an seine mächtige Brust. Voller Freude entfernte er sich vom Flussufer und entschied, das Findelkind als seine Tochter anzunehmen. Sein Pferd wieherte laut als er es bestieg.

Wer *Ludger den XXIV.* kannte wusste, dass er sich seit Jahren ein Kind und Thronfolger wünschte. Aber seine geliebte Ehefrau Rosamunde war bei der Geburt ihres ersten Kinders im Wochenbett unerwartet verstorben. Drei Monate später folgte sein Sohn Rudiger seiner Mutter, da er schwer an einem Husten erkrankte. Seine Überlebenschance schwand Tag für Tag und keine Medizin half.

Voller Trauer igelte sich der gebrochene König in seinem riesigen Palast ein. Es vergingen zehn Jahre, bis er wieder sein *Königreich der aufgehenden Sonne* verließ, um nach einer neuen

Braut zu suchen. Doch so einfach wie es schien spielte es sich nicht ab, denn so herzensgut, lieblich und anmutig wie Rosamunde war, fand er nicht in der Märchenwelt. Entweder waren die Frauenzimmer zu alt, hatten die eine oder andere Marotte oder ihr Aussehen sprach ihn nicht an.

Besonders eine Gräfin aus dem *Geschlecht der Löwenzahn* machte sich Hoffnung. Verurteilt zur alten Jungfer, verschreckte sie ihre Freier allein mit ihrem unerträglichen Gelächter und der schrillen Stimme.

Zu ihrem Pech fand der König kein Interesse an ihr, sondern beachtete sie noch nicht einmal während des Balls in der mächtigen Löwenzahnburg zu seinen Ehren. Dies ärgerte sie maßlos, denn er hatte nur Augen für eine Prinzessin aus dem Regenbogenland hinter den Schneehügeln der Drachenfelsen. Sie war jedoch so blutjung, dass sie ihrerseits den König nicht beachtete und lieber mit den Jünglingen und Ritter ihre Zeit verbrachte.

Aus verschmähter Liebe sühnte Gräfin Lydia nach Rache und suchte ihren Stiefbruder, den blonden Schönling Xavadu auf, der sich immer in teure Gewänder hüllte und über gute Ideen verfügte. Seine Eitelkeit stank zwar zum Himmel, dies störte sie nicht. Auch benahm er sich oft, als ob königliches Blut in ihm floss, obwohl seine Mutter nur eine einfache Ziegenmagd war. Ihre Schönheit verzauberte den Grafen und er konnte nicht von ihr lassen, obwohl er mit Lydias Mutter seit zehn Jahren verheiratet war. Doch seine schlaue Mutter behauptete er wer der Sohn des Grafen, wobei sein leiblicher Vater der Reitlehrer war. Das Geheimnis nahm sie mit ins Grab. Nur Xavadu klärte sie auf und beschwor ihren Sohn es zu hüten wie sein Augapfel.

Also schüttete Lydia ihm ihr Herz aus, und er machte sich lustig über sie. Das verärgerte sie so sehr, dass sie ihn am liebsten mit ihren eigenen Händen erwürgt hätte. Leider brauchte sie ihn, denn sie war längst mit ihrem Latein am Ende, wie sie dem König schaden konnte.

Doch es handelte sich wieder einmal nur um einen seiner blöden Scherze, die er so oft vorm Zaun brach. Egal, dass Xavadu seit Jahren in Ungnade bei seiner Familie gefallen war, als seine erneute Erfindung *eine Flugmaschine*, nicht funktionierte. Dafür verpulverte er eine Menge Geld, welches schließlich in der Staatskasse fehlte.

Erbost jagte ihn schließlich sein verkrüppelter Vater mit nur einem Bein mit Hilfe der Jagdhunde seines Hofs. Seitdem galt Xavadu als Taugenichts und Scharlatan. Somit war er gezwungen in die Wälder zu flüchten, damit ihn die Hunde nicht erwischten und ihm die Kehle durchbissen. Nur Lydia hielt ihm die Stange, da sie seit ihrer Kindheit miteinander befreundet waren und viel Unsinn zusammen veranstalteten. Sie beklauten sogar die Bauern um ihr Hab und Gut. Lydia war die Erste, die ihn auf die Idee brachte, Metalle in Gold anzupinseln. So begann seine Karriere als Betrüger und Lügenfresse. Er drehte jedem, den er hinters Licht führen konnte, seine gefälschten Goldmünzen an und erhöhte so seinen Reichtum.

Jetzt jedoch verlangte Lidya von ihm, sie zu unterstützen, um den König zu bestrafen. Er machte sich kundig und hatte die Idee, ihm ein *faules Ei* unterzujubeln. Lydia wollte nur wissen, wo sie das *faule Ei* herholen sollte entweder bei den Drachen oder bei den Schwänen. Xavadu pustete los und machte ihr klar, dass er damit kein *normales Ei* meinte.

„Was denn sonst?", fragte sie ihn unverblümt und starrte ihn ohne Unterlass misstrauisch an. Er schmunzelte und antwortete: *„Ich kenne seine Schwäche. Lass uns ihm ein Kind der Kobolde unterjubeln, welches dieser Dummkopf als sein eigenes annehmen wird. Denn er braucht händeringend einen Thronfolger. Natürlich wird er nicht jünger, dieser stolze Gockel!"*

„Und das soll die Lösung sein?", motzte Lydia brummig.

„Ja, denn es wird nach unserer Pfeife tanzen."

„Wieso bis du so sicher?"

„*Ich kenne einen ausgestoßenen Kobold, der mit Kindern handelt, die er selbst aus Pflanzen züchtete. Sie sehen aus wie Märchenbewohner, besitzen aber keinen eigenen Willen und sind seelenlos. Sie tun das für was man sie programmiert.*"

Lydia war ganz angetan von seinem Vorschlag und stimmte begeistert zu. So brach Xavadu auf ins Koboldland und kehrte nach drei Wochen zurück mit einem winzigen Baby. Es schlief als er und Lydia dem kleinen Mädchen zuflüsterten ihren Befehlen zu gehorchen und ihren Wünschen nachzukommen.

Drei Tage später machte sich die Gräfin auf zum Fluss und platzierte ihr strampelndes Bündel ins hohe Gras. Sie verletzte es an der Stirn mit einem Ast, bis es blutete. Dann zog sie sich zurück und versteckte sich hinter einer alten Eiche. Sie wartete, bis ihr Hassobjekt erschien, das Baby an sich nahm und davonritt. Zufrieden kehrte sie in ihr Landhaus heim und wartete geduldig ab.

Inzwischen vergingen die Jahre wie im Fluge und das Mädchen, welches der König Sonja taufte, wuchs behütet heran. *Ludger der XXIV.* hatte keine Ahnung, wie gehässig sie war und keine Gelegenheit ausließ andere zu verspotten und zu ärgern. Auch beschimpfte sie jeden, der es wagte ihr zu widersprechen. Dazu bestahl sie alle im Palast und beschuldigte immer die Dienerschaft, die dann entlassen wurde. Somit wechselten die Zofen und Diener beinahe wöchentlich. Dadurch zerstörte sie das Vertrauen und keiner konnte den König warnen vor ihren Machenschaften. Sie ließ es nicht zu, dass er etwas ahnte.

Nur bei ihm spielte sie immer das liebe Kind. So erlaubte der König nicht, dass Sonja vom Hofstaat verunglimpft wurde. Er setzte es unter Strafe, wenn jemand schlecht über sie redete. Ein falsches Wort, egal von wem, der wurde gnadenlos vom Hofe gejagt.

Doch Sonja war so verdorben, dass sie endlich handeln musste, um die Macht des *Königreiches der aufgehenden Sonne* an sich zu reißen, um das Volk ins Unglück zu stürzen und von Innen nach Außen zu zerstören. Sie verschwieg, dass sie sich heimlich mit Lydia und Xavadu traf, der stets unbemerkt von der Schlossgarde in ihrer Nähe weilte. Er hatte sich schließlich als Pferdehändler und Trainer getarnt. Deshalb misstraute der König ihm nicht und ließ ihn gewähren.

So war es keine Überraschung, dass Sonja mit ihrer Stute Federwerk ausritt, die er dem König andrehte und zuvor jedoch von der Koppel stahl. Er gab ihr Reitunterricht und ritt oft mit ihr in den naheliegenden Wald aus. Dort trafen sie auf Lydia, die ihr jedes Mal das Herz vergiftete und den Hass gegen ihren Ziehvater schürte.

So überzeugte sie Sonja, den König zu beseitigen. Dafür brauchte sie Gift und Goldstücke, welche Xavadu ihr bereitwillig schenkte. Damit sollte sie bei einem Apotheker Schlangengift erwerben. Natürlich waren es gefälschte Goldstücke. Aber dies wussten nur ihre beiden Aufhetzer.

Den Sack mit Goldstücke gefüllt, steckte Sonja ein und machte sich auf zum Apotheker Egon, der in einer Holzhütte am Dorfrand hauste. Dafür tarnte sich Sonja als ärmliche Bäuerin und kleidete sich in schäbige Gewänder. Es gelang ihr spielend an das Schlangengift zu kommen und Egon mit den gefälschten Goldstücke zu betrügen. Damit lief sie zurück zu Xavadu, der sie in hohen Tönen lobte. Dies gefiel ihr. Schnell entledigte sie sich der Bauernkluft im Wald und dann ritten sie gemeinsam zurück zum Palast.

Ihr Ziehvater wartete bereits auf seine Tochter und freute sich, sie wohlauf anzutreffen. Denn er hatte sich bereits gesorgt, wo sie so lange blieb. Wie immer belog sie ihn und erzählte ihm, dass ihre Stute Federwerk weggelaufen sei und Xavadu sie erst einfangen musste.

Da der König gutgläubig war, glaubte er ihr jedes Wort. Für seinen Einsatz belohnte er Xavadu mit Goldschmuck, besetzt mit lauter Diamanten. Ohne zu zögern, nahm der Betrüger es an sich und steckte es in seine Hosentasche. Dann verabschiedete er sich bei den Adligen und ritt dem Sonnenuntergang entgegen.

Sonja beobachtete ihn, bis er aus ihrem Blickwinkel verschwand. Anschließend belog sie wieder ihren Ziehvater, dass sie müde sei und sich ausruhen musste. Dabei gähnte sie mehrmals. *Ludger der XXIV.* nickte und erlaubte ihr sich zurückzuziehen.

Dies ließ sich die Prinzessin nicht zweimal sagen und lief in ihr gut eingerichtetes Gemach mit dem wertvollen Inventar. Dort kramte sie das Schlangengift aus ihrem Ausschnitt, nahm das Fläschchen in die rechte Hand und grinste hinterhältig. Sie verstaute es auf den Beistelltisch neben ihrem Fenster mit den goldenen Vorhängen. Dann zog sie sich um, streifte ihre Reiterkluft aus und schlüpfte in ihr grünes Nachtgewand. Anschließend rief sie nach ihrer Zofe Sibylle. Als die junge Zofe, noch jünger als die Prinzessin ihr Gemach eilig betrat, deutete sie auf das Schlangengift und verlangte, sie solle es kosten, denn es wäre ein Wundermittel gegen alle Regelschmerzen.

Schließlich wollte Sonja es ausprobieren, ob es wirkte, wie sie hoffte. Sibylle gehorchte wortlos, nahm einen guten Schluck aus dem Fläschchen und sank augenblicklich aufs Bett. Noch nicht einmal schreien konnte das arme Mädchen, während es blau im Gesicht anlief und schließlich qualvoll erstickte. Dabei ließ die Zofe das Fläschchen fallen und das Schlangengift ergoss sich auf ihrem Bett.

Sonja stürzte panisch zu ihrem Nachtlager und verhinderte, dass sich der gesamte Inhalt auf ihrem Bett ergoss. Fluchtend ergriff sie es, verschloss es und verbarg es wieder in ihrem Ausschnitt. Wütend zog sie an ihrer Decke, riss sie hinunter und trat sie unter das Bett, damit keiner bemerkte, dass etwas verschüttet wurde. Rot angelaufen schlug sie mit ihrer Faust der Toten ins Gesicht. Dann schrie sie, als ob jemand nach ihrem Leben trachtete. Eine Wache stürzte in ihr Gemach und blickte sie überrascht an, während sie wie wild stammelte: *„Seht ... sie ... ist ... einfach ... umgefallen."*

Der Wächter untersuchte die Tote und zuckte mit den Schultern, weil er keine Verletzungen feststellte. So ging er davon aus, dass ein Herzschlag die Zofe ereilte.

Die Prinzessin spielte ihre Rolle fantastisch und stimmte ihm zu, währen der König ihr Gemach betrat, ebenso aufgeschreckt von ihrem Rufen. Er schloss seine Ziehtochter in die Arme und bedauerte zutiefst, dass sie dies erlebte.

Sonja lachte innerlich und freute sich, dass es ihr so leicht gelang ihn und alle anderen zu täuschen. Die Zofe wurde auf Geheiß des Königs aus ihrem Blickwinkel entfernt. Ihr Ziehvater schlug sogar vor, dass sie bei ihm nächtigen sollte, weil sie inzwischen bitterlich weinte und ihn mit gebrochener Stimme mitteilte: *„Hier kriege ich kein Auge mehr zu!"*

Dankbar nahm sie sein Angebot an und verließ mit ihm ihr Gemach. Seit ihrer Kindheit schlief sie nicht mehr in seinem Bett. Aber dieser Schock ermöglichte ihr dies schlagartig zu ändern. Sie kroch in sein Bett und machte es sich gemütlich. Er folgte ihr später und umarmte zärtlich seine Ziehtochter, um sie zu trösten. So schlummerte sie ein, bis sie mitten in der Nacht erwachte.

Ludger der XXIV. schnarchte als sie sich wegstahl aus seinem Bett. Sie schlich zum Wasserkrug und kramte das Schlangengift hervor. Fies grinsend schüttete sie die Flüssigkeit hinein und feierte innerlich seinen Tod. Das Fläschchen stopfte sie sich in den Ärmel. Ohne schlechtes Gewissen kehrte sie ins Bett zurück und beobachtete ihren Ziehvater wie sich seine Brust auf und nieder senkte. Dabei dachte sie hinterhältig: *Nicht mehr lange und du bist mausetot!*

Als die Sonne aufging erwachte der König, streckte sich und sprang aus dem Bett. Sonja rieb sich die Augen und begutachtete heimlich ihren Ziehvater, wie er zum Wasserkrug stolzierte. Doch er schüttete das Wasser nicht in seinen Goldbecher, um es zu trinken, sondern in die Waschschüssel.

Das kann doch nicht wahr sein!, schoss es ihr durch den Kopf. *Er soll es trinken und sich nicht damit reinigen.*

„Vater, hast du denn keinen Durst?", fragte sie gespielt unschuldig und zügelte sich, um nicht zu explodieren.

Der König wandte sich zu ihr, schüttelte den Kopf, während er sie verdutzt anschaute und meinte: *„Ich trinke und esse nie etwas ohne Vorkoster! Das weißt du doch! Ich habe genug Neider, die mich vergiften wollen. Darum bin ich vorsichtig."*

Sonja fiel es schwer, nicht ihr wahres Gesicht zu zeigen und lächelte ihn an, als sie antwortete: *„Ja, genau! Das habe ich vergessen!"* Innerlich kochte und ärgerte sie sich über ihre eigene Dummheit, dass sie den gesamten Inhalt in den Krug geschüttet hatte. Jetzt brauchte sie neues Schlangengift. Schon suchte sie nach einem Grund, den Palast zu verlassen, ohne sich zu verraten.

„Ach, ich habe total vergessen, dass Xavadu mir Reitstunden geben wollte nach Sonnenaufgang", log sie erneut und sprang aus dem Bett.

Er nickte, während er seine Stirn mit einem Seidentuch säuberte. Sonja berührte ihren Ziehvater am Oberarm und schmiegte sich noch an ihn. Zum Abschied stellte sie sich auf Zehenspitzen. Während er sich zu ihr hinunterbeugte, hauchte sie ihm noch einen Kuss auf die Stirn, vergaß aber das Schlangengift, welches ihre Lippen berührte und so Kontakt mit ihre Zungenspitze bekam. Es brannte und ihre Lippen liefen blau an. Entsetzt wischte sie mit den Handrücken über ihren Mund. Doch es war zu spät. Mit einem erstickenden Schrei knickten ihr die Beine weg. Sie stürzte im Todeskampf zu Boden und das Giftfläschchen rollte aus ihrem Ärmel unter den Tisch.

Geschockt starrte *Ludger der XXIV.* Sonja an und brüllte nach seiner Leibgarde. Seine vier engsten Gardisten stürmte in sein Gemach. Sie untersuchten Sonja und stellte fest, dass sie tot war. Der König hielt es für einen Anschlag gegen ihn und trauerte um seine verstorbene Ziehtochter, die noch nicht einmal 17 Jahre alt wurde.

Trotzdem ließ er die Zofe so wie Sonja von einem speziellen Heiler aus dem *Norden der Waldburgen* untersuchen. Heiler Samuel war ein Fachmann, um plötzliche Todesfälle aufzuklären. Er fand schnell heraus, dass beide vergiftet wurden. Auf Geheiß des Königs, durchsuchte Samuel gründlich das königliche Gemach und fand das leere Fläschchen. Er testete den Inhalt, der noch zwei Tropfen innehatte und bekam dadurch heraus, dass es Schlangengift enthielt.

Entsetzt informierte er den König, der weiter an einen Anschlag glaubte, der sich gegen ihn und seiner Ziehtochter richtete. Doch Samuel klärte ihn auf, dass die einzigen Fingerabdrückte, die er auf den Fläschchen zuordnen konnte, Prinzessin Sonja gehörten.

Fassungslos starrte ihn der König an und bezweifelte seine Worte. Er fing an Samuel zu beschuldigen das Andenken seiner geliebten Ziehtochter Sonja zu beschmutzen. Doch, bevor er den Heiler tatsächlich in den Kerker werfen konnte, kam der Anführer Thomas von seiner Leibgarde und berichtete ihm, dass die Gräfin Lydia seinen Tod im ganzen Reich verkündete, obwohl der Zwischenfall nicht bekannt gemacht wurde.

„Also woher hatte sie es erfahren?", fragte Thomas seinen Herrn und Gebieter. Es fiel ihm immer noch schwer, diese Anschuldigung zu glauben. Aber er kannte Thomas seit Jahrzehnten und er war ihm ein treuer Gefolgsmann, obwohl Sonja immer über ihn lästerte und ihn am liebsten vertrieben hätte, wenn es nach ihren Wünschen gegangen wäre. Thomas hatte damals Prinz Ludger das Leben gerettet, als sie auf der Jagd waren und ihn vor einen tollwütigen Bären beschützte.

„Es handelte sich um ein Komplett gegen Euch, mein König!", rief der Heiler und schwor mit drei Fingern, dass er nicht der Scharlatan und Betrüger war, der ihm Schaden zufügte.

„Habt Ihr die Gräfin befragt?", fragte *König Ludger der XXIV.* ganz aufgeregt.

„Sie schweigt wie ein Grab! Doch ihr Knecht Wilfried war dafür gesprächig! Er bestätigt unter Androhung von Folter, dass sie sich seit Jahren mit Sonja traf, und dass sie gemeinsam einen

Plan ausheckten, Euch mein König, zu töten, um die Macht zu ergreifen über euer Königreich. Gräfin Lydia war verbittet darüber, dass Eure Hoheit, sie vor Jahren verschmäht habt. Sie hat Euch dieses faule Ei zukommen lassen, um sich zu rächen, weil euer Erhabenheit, sie damals nicht zum Weibe genommen habt!"

„Und was ist mit Xavadu? Hängt er auch mit drin?"

„Das mein König, müssen wir ebenso annehmen! Wir können ihn nirgends finden. Er ist wie vom Erdboden verschluckt mit Sack und Pack!"

„Sucht nach ihm, quetscht ihn aus wie eine Apfelsinne und bringt ihn danach zu mir, damit ich über ihn urteilen kann. Sollte er unschuldig sein hat er nichts zu befürchten!"

„Gewiss, mein König! Und was soll mit der Gräfin geschehen?"

„Werft diese hinterhältige Schlange in die Drachenschlucht, damit ihr Körper zerschellt und die Geier ihre Überreste fressen!"

„Und was soll mit der Leiche von Sonja passieren?"

„Verbrennt sie und verstreut ihre Asche über den Fluss, wo ich sie als Baby fand! Nur die Zofe war unschuldig, darum gebt ihr ein anständiges Begräbnis auf dem Kirchenfriedhof im Dorf ihrer armen Eltern."

Nach einer Woche war alles so geschehen wie der König es befahl. Nur von Xavadu fehlte weiterhin jede Spur. Wohin er sich verkrochen hatte, wusste keiner im *Königreich der aufgehenden Sonne*.

Traurig und enttäuscht besuchte der König das Grab von Rosamunde und gewann die Auffassung, dass auch sie wie sein leiblicher Sohn, seinen Gegnern ein Dorn im Auge war und sie deshalb beide sterben mussten. Ungewöhnlich waren ihre Tode, da sie sich plötzlich ereigneten wie bei Sonja und der Zofe. Deshalb war er nun überzeugt, dass auch hier Gift eine entscheidende Rolle spielte. Die gleiche Meinung vertrat ebenso Heiler Samuel, der herausfand woher das Schlangengift stammte. Der befragte Apotheker beschrieb Sonja bis aufs Haar und beteuerte seine Unschuld. Da Samuel ihm eine Wahrheitsdroge einflößte, war Egon über jeden Zweifel erhaben.

Trotzdem würde *Ludger der XXIV.* nicht eher ruhen, bis er alle Schuldigen zur Strecke gebracht hatte, die für sein großes Unglück verantwortlich waren. Eins war sicher: So leicht wie in der Vergangenheit würde er sich weder täuschen noch reinlegen lassen. Tatsächlich entkam kein Schuldiger seiner angemessenen Strafe. Außer Xavadu, der nicht mehr im *Königreich der aufgehenden Sonne* weilte, natürlich nicht zurückkehrte und unauffindbar blieb.

Der dunkle Winter kommt

*V*iele, viele Winter waren bereits ins Land gezogen und hatten fürchterliche Eiseskälte und Schnee gebracht, bevor der dunkelste Winter aller Zeiten über das Land wie eine riesige Meereswelle hereinbrach. Niemand aus dem Märchenvolk hatte erwartet, dass das Herz der Schneekönigin inzwischen kalt war wie der Nordwind und das Eismeer zusammen.

Nur, weil der zuckersüße, grüne Elfenprinz sie nicht liebte und sich nicht mit ihr einließ, steigerte sich ihre Wut ins Unermessliche. Diese Schmach konnte sie nicht verzeihen und sehnte sich nach bitterböser Rache. Deshalb plante sie, die gesamten Märchenwesen zu bestrafen und zu unterjochen.

Oft hatte sie schon versucht den Winter zu missbrauchen, scheiterte aber, weil jede Winterzeit im Frühling ein Ende fand. Doch diesmal verbündete sie sich mit der Macht des uralten Wintersturms und ging einen gefährlichen Pakt ein, der ihr die alleinige Macht im Märchenland verschaffen sollte.

Dafür unterzeichnete sie sogar diesen Pakt mit ihrem hellblauen Eisblut und verriet alles was ihr einst heilig war, nur durch die unerfüllte Liebe des Elfenprinzen. Somit konnte der Wintersturm über das Märchenreich mitbestimmen und die Bevölkerung ungehindert verführen und korrumpieren. Er vermischte sich mit dem Märchenvolk, lenkte es ab und säte wo er konnte Zwietracht zwischen ihnen. Die Saat ging auf und der Streit eskalierte.

In der Zwischenzeit hauchte die Schneekönigin ihren eisigen Atem über das gesamte Land. Sogleich legte sich eine Eisschicht über jede Pflanze, jeden Baum und jedes Haus und taute nicht mehr weg. Die Macht, die ihr der Wintersturm verlieh, ermöglichte ihr die Sonne zu vertreiben und eine undurchdringliche Wolkenschicht über den sonst klaren hellblauen Himmel zu installieren. Dunkle dichte Wolken verhüllten den weiten Himmel. Das Märchenreich verfinsterte sich schrittweise und es fing an leicht zu schneien.

Zuerst waren es nur einzelne Flocken, die von dem kalten Nordwind angetrieben wurden und hin und her tänzelten. Doch dieser Zustand dauerte nicht lange, denn der Schneefall wurde immer heftiger und deckte schließlich das Land Zentimeter für Zentimeter zu, bis sich eine dicke Schneedeckte hochtürmte. Es schneite zehn Tage und zehn Nächte ohne Unterlass. Inzwischen war die Schneedecke so hoch, dass keiner mehr sein Haus oder seine Behausung verlassen konnte, ohne tief im Schnee zu versinken. So ging auch die Einsamkeit automatisch mit einher.

Die Schneekönigin glitt mit ihrem Schlitten, welcher von acht weißen Schneehunden gezogen wurde, über das eingeschneite Märchenreich und sah sich stolz ihr Werk an, während sie weiter ihren eisernen Atem über das Land hauchte. Aus den Unterkünften, die wie Iglus wirkten, hörte sie das Märchenvolk stöhnen, schimpfen und fluchen, weil sie nicht mehr hinaus konnten in das zugeschneite Land. Auch existierte kein Vertrauen mehr untereinander, sondern sie glaubten lieber den unverschämten Lügen des Wintersturms.

Doch selbst dies versöhnte die Schneekönigin nicht. Sie fühlte noch nicht einmal Mitleid oder hatte ein Lächeln für die Märchengestalten übrig, da sie nun eiskalt über alles herrschte, wie es schon immer ihr Ziel war. Trotzdem reichte es ihr noch lange nicht aus und sie befahl, dass die Dunkelheit ebenfalls für immer bleiben sollte.

Aber längst lag die Finsternis wie ein böser Fluch über dem Märchenland, und Hunger und Kälte regierten herzlos. Kein Wunder, dass durch die Eiseskälte überall Eiszapfen die Bäume, die Tannen und auch die Häuserdächer schmückten. Somit traute sich auch kaum noch jemand hinaus. Daher wuchs die Unzufriedenheit ins Unermessliche und das Volk verlangte die Absetzung des Elfenkönigs.

So schickte sich der Elfenkönig nach Drängen seiner zerstrittenen Untertanen an, mit der Schneekönigin zu verhandeln. Unter erschwerten Bedingungen stampfte er durch den meterhohen Schnee und hoffte rechtzeitig im Schloss anzukommen, um seine Untertanen vor dem Niedergang zu retten.

Doch die Schneekönigin lachte ihn bloß hasserfüllt aus und verwandelte ihn inmitten ihres Wutanfalles in eine Eissäule. So nahm sie den überraschten Elfenkönig in ihrem Eisschloss gefangen. Doch auch dies schenkte ihr keine Schmerzlinderung ihres gebrochenen und erkalteten Herzens.

Ach, wie genoss sie es, als die Märchenbewohner durch diesen enormen dunklen und schneereichen sowie eiskalten Winter an einem hohen Fieber, Husten und Schnupfen erkrankten. Diese Wintergrippe schwächte das Märchenvolk tagein tagaus und streckte den einen oder anderen nieder. Die Panik grassierte längst unter ihnen und sie verkrochen sich noch tiefer in ihren Unterkünften, bis diese Plage wieder von selbst verschwand wie jeden Winter.

Auch dies schien ihr Herz nicht zu erweichen und sie genoss weiter, wie besonders die Elfen schrecklich litten und am Verzweifeln waren, obwohl sie ihre Häuser und Behausungen immer noch nicht verlassen hatten oder konnten, weil der Winter weiter sein strenges Zepter über das Märchenreich schwang.

Wochen und Monate hielten die Märchenwelt im Schnee und Eis gefangen bis der Frühling eigentlich an die Tür klopfen musste. Doch die Schneekönigin ließ es nicht zu, dass die Sonne durch die Wolken hindurchbrach. Somit blieb der Winter weiter unbezwungen.

Den Elfen war bewusst, dass sie so nicht überlebten, denn jeder Winter fand im Frühling sein Ende, so war es von Anfang an durch den Kreislauf der Natur vorbestimmt. Nur diesmal war es völlig anders und das Märchenvolk vermutete Schlimmeres. Da auch der Elfenkönig nicht zurückgekehrte, ahnten alle, dass er von der Schneekönigin bezwungen wurde. Dies kam einer Katastrohe nahe, denn der junge, schmächtige Elfenprinz hatte erst recht keine Chance, die Schneekönigin zu besiegen und seinen Vater aus ihren fürchterlichen Krallen zu befreien.

Jetzt war guter Rat teuer. Die Elfen mussten sich vertragen, um zu überlegen, wie sie sich aus dieser misslichen Lage befreiten, um dem Frühling den Weg ins Märchenreich zu bereiten.

Da kam der Frühlingselfe Lilly die Idee, sich mit dem heißen Sommer zu verbinden, denn der Frühling war noch zu schwach, um allein den Eiswinter, welchen die Schneekönigin diesmal vom Zaun gebrochen hatte zu vertreiben und der glühenden Hitze Türen und Tore zu öffnen.

Natürlich wussten die Elfen, dass sie nur gemeinsam befähigt waren gegen die Schneekönigin zu bestehen, um Eis und Schnee zum Schmelzen zu bringen und ebenso die Unterstützung der Sonne dazu brauchten. Jeder Streit aus der Vergangenheit war vergessen und sie bedienten sich nur der bedingungslosen Liebe und dem Frieden in ihren Seelen.

Schließlich verbanden sich alle Elfen und benutzten ihre reine Magie, um so den Frühling und den Sommer miteinander zu vereinigen, damit sie endlich gemeinsam den Winter vertreiben konnten.

Innerhalb einer Viertelstunde gelang es ihnen, denn die Wolken verzogen sich und die Sonne eroberte endlich den hellblauen Himmel. Sie strahlte so viel Wärme aus, dass tatsächlich das Eis und die Schneedecke schmolz wie Butter in der Pfanne.

Als dies die Schneekönigin erfuhr, bestieg sie ihr schneeweißes Einhorn mit dem silbernen Schweif und ritt so schnell der Wintersturm wehte. Fluchend erreichte sie die Elfen und schimpfte wie ein Rohrspatz, während die Vögel ein wunderschönes Lied anstimmten und den Frühling begrüßten, der immer mehr an Macht gewann.

Die Schneekönigin versuchte erneut mit ihrem eiskalten Atem die Wiesen und Blumen einzunebeln, die überall gediehen. Doch die Sonnenstrahlen waren so heiß, dass sie mit ihrem Gebaren kläglich scheiterte. Gleichzeitig begann auch die Schneekönigin zu schmelzen, sodass auch ihr erkaltetes Herz wieder eine rosige Farbe annahm. Der Hass in ihrem gekränkten Herzen verflüchtigte sich wie durch ein Wunder.

Nachdem der Wintersturm seine Niederlage registrierte, blähte er sich ein letztes Mal auf und wandte dann der blühenden Natur den Rücken zu, bevor es in allen Ästen der Bäume windstill wurde und die Hitze noch mächtiger im Märchenreich einzog. Somit vereitelte die wonnige Wärme überall seine Rückkehr.

Als der Elfenprinz dies alles miterlebte, reichte er der Schneekönigin freundschaftlich die Hand und teilte ihr mit, dass sie nicht so bösartig und gefühllos sei, wie sie sich immer zu erkennen gab. Sie sollte endlich den Winter hinter sich lassen und dem Frühling die Chance geben sich auch in ihr zu entfalten. Denn dann würde sie ihre wahre Liebe finden und es wäre kein Platz mehr für den dunkeln Winter in ihrem Herzen und in ihrer Seele.

Wie von einer Offenbarung mitten ins Herz getroffen, stimmte die Schneekönigin zu und fand tatsächlich im Frühling ihre wahre und einzige Liebe. Sie heiratete tatsächlich im heißesten Sommer aller Zeiten. Mit ihrem Bräutigam, dem Schneekönig zog sie zum Nordpol in sein wunderschönes und prächtiges Schloss.

Beide waren so voller Liebe und Frieden in ihren Herzen, dass *der Schöpfer aller*, sie mit dem Ehrenamt des *Weihnachtszaubers* beauftragte. Von diesem Zeitpunkt an war die *Legende des Weihnachtsmannes* und seiner *treuen Ehefrau* geboren. Zusätzlich erhielten sie von den *neu ernannten Weihnachtselfen* mit samt des *Elfenkönigs*, unermüdliche Unterstützung bei der Herstellung und Verpackung der zahlreichen Spielsachen.

Der Zaubertrank

*E*s war einmal vor langer, langer Zeit ein Königreich, welches in voller Blüte stand und deren Einwohner frei und unabhängig waren. Sie lebten ihr Leben in Wohlstand und keiner musste hungern oder lernte Armut kennen. Der amtierende *König Olaf der Dritte* mit seinen zwei Töchtern Emiltraut und Anastasia herrschte mit Güte und Verständnis über das *Reich der vier Winde*.

Doch als die Königstochter Anastasia heranwuchs, veränderte sich ihre Seele zum Schlechten. Sie war so böse, gemein, neidisch, eifersüchtig und voller Hass, dass sie nur Abscheu empfand, wenn sie ihre Untertanen ertragen musste. Sie säte wo sie konnte Zwietracht zwischen den Rittern und dem gemeinen Volk. Es herrschte eine Stimmung, die eiskalt war, obwohl im Süden vom *Königreich der vier Winde* viel Sonne schien und nur im Winter für wenige Wochen die bittere Kälte das Land überzog und dann Schnee und Eis regierten.

Als das Volk besonders die Bauern aufmuckten, war ihre Geduld am Ende und sie überlegte, wie es im *Königreich der vier Winde* weitergehen sollte. Da es mehr Bauern als Ritter gab, beschloss sie dies zu ändern, in dem sie einen hinterhältigen Plan ausheckte. Dafür brauchte sie den Zauberer Humboldtam, der seit langem auch ihr geheimer Liebhaber war. Sie hatte sich in ihn verliebt als sie noch ein Kind von 13 Jahren zählte.

Humboldtam genoss es, weil er bei ihrem Vater in Ungnade gefallen war, als er eine Mixtur nach der anderen braute, die nicht gegen Krankheiten Bestand hatten, welche die Einwohner ab und an quälten. Sein Versagen wurde nicht hingenommen. Der Zauberer wurde in den dunklen Turm verbannt und durfte ihn nicht mehr verlassen. Doch Anastasia, die inzwischen zu einer jungen hübschen Frau herangewachsen war, passte dies nicht und sie schlich heimlich zu ihrem Liebhaber in den dunklen Turm des Schlosses. Dort beschlossen sie gemeinsam sich an dem König zu rächen und ihn, um die Ecke zu bringen. Dafür braute Humboldtam einen speziellen Trank aus sehr giftigen Kräutern, Pilzen und Wurzeln, welche sie ihm einflössen sollte, um sich seiner zu entledigen. Ohne Skrupel verabreichte sie ihm diesen Trank als zuckersüßen Tee, und der König starb binnen drei Tagen.

Aber als dann ihre Schwester Emiltraut nach der Thronfolge an die Spitze des Reiches treten sollte, erpresste sie ihren Diener Ronoton zu einer Schandtat. Er begleitete Emiltraut zum Krönungssaal. Doch, bevor sie die Stufen hinabstieg, versetzte er ihr wie befohlen einen heftigen Stoß, und sie stürzte mit einem lauten Schrei die Treppe hinunter. Dabei fiel sie so unglücklich, dass sie sich bei dem Sturz das Genick brach.

Anastasia spielte die Trauende als ihr die Botschaft von dem Unglück ihrer armen Schwester überbracht wurde. Gewissenlos bestieg sie den Thron mit falschen Tränen, die über ihr Gesicht kullerten. Aber in Wirklichkeit amüsierte sie sich, wie gutgläubig alle in ihrem Königreich waren, denn sie durchschauten weder ihre Niedertracht noch ihre Lügen.

In kürzester Zeit entwickelte sich das *Königreich der vier Winde* unter ihrer Herrschaft in ein unerträgliches, gefühlloses Land. Die Ritter standen ihr durch den uralten Ritterschwur weiterhin bei. Aber die Bauern und die Kaufleute merkten schnell, wie verdorben die Königin war und nur für ihren eigenen Nutzen agierte.

Dadurch entstand viel Unmut in der Bevölkerung und die Bauern fingen an, vor ihrem Schloss zu rebellieren. Das passte ihr so gar nicht ins Konzept, und sie benutzte die Ritter, um ihre Untertanen zu unterdrücken und vom Schloss zu vertreiben. Dadurch entstand noch mehr Widerstand und die Königin entschied sich, diese Ketzer genauso zu entsorgen, wie es ihr schon bei ihrem Vater gelungen war.

Also braute ihr Geliebter Humboldtam auf ihr Geheiß einen *Zaubertrank*. Sie behauptete inzwischen, dass eine unbekannte und gleichermaßen tödliche Seuche im *Königreich der vier Winde* ausgebrochen war. Deshalb benötigten sie einen neuen *Zaubertrank*, der das Volk beschützen und heilen sollte. Denn selbst die Heiler schienen überfordert und kannten kein geeignetes Gegenmittel.

Doch in Wirklichkeit handelte es sich um eine Finte, denn es sollte ihre Feinde kontrollieren und schlussendlich töten, um so ihre Gegner zu verringern, damit sie weiter an der Macht blieb und kaltherzig regieren konnte.

Innerhalb einer Woche hatte Humboldtam einen giftigen *Zaubertrank* kreiert, der so stark wirkte, um das Volk nach und nach auszulöschen. Jedoch durfte es nicht auffallen, dass das Gebräu schuld am Tod von vielen Unschuldigen sein würde, sondern die erfundene neue Seuche, die als Alibi herhalten sollte.

Humboldtam gab sich als Erlöser der unbekannten Seuche und versprach, dass nur sein *Zaubertrank* jeden vor der tödlichen Seuche schützen würde und keiner mehr in Gefahr stünde sich anzustecken. Deshalb würde auch niemand mehr an dieser grauenvollen Seuche sterben. Da Humboldtam es immer verheimlichte, dass er mit Königin Anastasia im Bunde stand und ihr Liebhaber war, glaubten viele seinen Ausführungen. Sie wollten den *Zaubertrank* trotz aller Warnung der kritischen Kaufleute nur bei ihm persönlich erwerben, um sich so vor der gefährlichen Seuche zu schützen. Die meisten Dörfler glaubten ihnen nicht und meinten, sie waren nur neidisch, weil sie den *Zaubertrank* nicht selbst verkaufen durften, um sich eine goldene Nase daran zu verdienen.

Als die Ersten den *Zaubertrank* zu sich nahmen, war es für sie bereits zu spät. Sie erkrankten zuerst und starben dann innerhalb eines Monats unter schrecklichen Qualen, die es bis zu diesem Tage noch nie gegeben hatte. Trotzdem schob die hinterhältige Königin und auch der Zauberer der Seuche die Schuld in die Schuhe, weil sie mutiert sei, wobei es jeder durchschauen konnte, was wirklich dahintersteckte. Aber das uninformierte Volk war in seiner Angst gefangen und konnte den Wald vor lauter Bäumen nicht sehen.

Nur die Kaufleute verschmähten den *Zaubertrank* und retteten ihr Leben, indem sie sich in den dichten Wäldern hinter dem Silberfluss versteckten. Sie beobachten weiter, was sich im *Königreich der vier Winde* abspielte. Zuvor hatten sie versucht, ihre Familien, Freunde und Nachbarn zu warnen. Aber leider wollte keiner auf sie hören und verunglimpfte sie zuerst als Verschwörungstheoretiker und dann als Verräter des Volkes. Natürlich zusätzlich angestiftet durch Humboldtam, der die Kaufleute auch noch als Verbreiter der Seuche beschuldigte und somit die Untertanen noch weiter aufhetzte.

Enttäuscht konnten sie nur mit ansehen wie sich die Lage immer mehr verschärfte. Doch aufgeben war keine Option und so suchten sie die weiße Hexe Camilla auf, die tief im Tannenwald im äußersten Norden in einem winzigen Häuschen seit vielen Jahren lebte und wirkte.

Als sie ihr berichteten was im *Königreich der vier Winde* geschah, war sie schnell bereit dem Spuk ein Ende zu bereiten. Sie beschwor uralte weiße Magie und verband sich mit *den Mächten des Himmels*. Von diesem Moment an verfügte sie über gewaltige Hexenmagie, die sie gezielt bündelte, um so die Unschuldigen zu retten und die böse Königin sowie den niederträchtigen Zauberer für ihre schrecklichen und grausamen Missetaten zu bestrafen.

Also flog Camilla auf ihrem Hexenbesen mit den Kaufleuten, die zu Fuß gingen zum Schloss und forderte Gerechtigkeit für die Unschuldigen, die erkrankt und gestorben waren. Die grausame Anastasia lachte sie schallend aus und hetzte ihre Ritter auf Camilla und ihre Begleiter. Doch, bevor die Ritter ihre Schwerter erheben konnten, um die weiße Hexe und ihr Gefolge zu verletzen, streckte sie ihre Hände vor und aus ihnen schossen blaue Blitze. Augenblicklich flogen sie auf die Ritter zu und drangen in sie ein. Daraufhin erstarrten sie und konnten sich nicht mehr bewegen.

Als Humboldtam dies geschockt erblickte, der längst neben Anastasia getreten war, hob er wedelnd seinen Zauberstab, um Camilla zu verwandeln. Die weiße Hexe durchschaute seine Hinterlist und rief blitzschnell ihren Hexenspruch aus: *„Ki, ka, ku, das was du mir antun willst, soll dir selbst widerfahren!"* Kaum hatte sie ihn ausgesprochen, schossen die gleiche Blitze auf Humboldtam zu und verwandelte den Zauberer in eine kriechende Ratte.

Entsetzt starrte Anastasia auf ihren Geliebten und stürzte mit erhobenen Händen auf Camilla zu, um sie offensichtlich zu erwürgen. Doch, bevor es ihr tatsächlich gelang, wiederholte Camilla ihren Hexenspruch und die böse Königin verwandelte sich ebenso in eine Ratte.

Der Hofnarr Pimpelpon, der den Zwischenfall heimlich beäugte, verhinderte, dass die Ratten aus dem Schlosshof flüchteten, riss sie an ihren Schwänzen hoch und hielt sie fest. Die Ratten zappelten wild hin und her und piepten panisch. Dabei verkündete Pimpelpon freudig: *„Endlich ist der Spuk beendet! Sie hat meinen Bruder auf dem Gewissen! Ich weiß auch, dass sie ihren eigenen Vater vergiftet und ihre Schwester um die Ecke hat bringen lassen. Mein armer Bruder berichtete mir davon, dass er ihr Handlanger wurde, weil sie ihn erpresste, unsere kleine Schwester Lisanna mit dem gleichen Gift zu töten wie ihren Vater. Deshalb schubste er die ältere Schwester der grausamen Königin die Treppe zum Krönungssaal hinunter. Er konnte mit dieser schrecklichen Schuld nicht mehr weiterleben und erhängte sich am Wegesrand des Waldes. Ihr böses Spiel ist endlich aus, und wir sind wieder frei und unabhängig!"*

Alle Anwesenden nickten als Bestätigung und Camilla deutete auf den tiefen Brunnen, während sie äußerte: *„Lieber Hofnarr, wirf bitte diese hinterlistigen Ratten in den Brunnen, aus dem sie nie mehr entkommen werden, dafür wird gesorgt sein!"*

Nachdem der Hofnarr dies hörte, gehorchte er und warf die zappelnden Ratten in den tiefen wasserlosen Brunnen, weil seit Wochen kein Regen mehr fiel, um ihn zu füllen. Dann wurde der Brunnen durch den Dorfmaurer Herbertus zugemauert und ein großes Schild mit goldener Schrift wurde daran befestigt, mit folgender Innschrift: *Wer einem anderen eine Grube gräbt fällt selbst hinein!*

Anschließend heilte Camilla mit einen uralten Hexenspruch alle die noch übrig waren und den *Zaubertrank* intus hatten. Keiner musste mehr schrecklich leiden oder starb durch die Folgen des Humboldtams Giftes. Dankbar entschuldigten sich die Geheilten bei allen Kaufleuten und baten um Verzeihung.

Die Ritter wurden anschließend aus der Starre befreit und mussten sich der Gerechtigkeit beugen, dass sie einer falschen Schlange gehorchten und ihre Befehle ohne Widerstand befolgten und somit das Volk verraten hatten. Wer einsichtig war, durfte weiter im Dienst der Ritterzunft verweilen, alle anderen wurden aus dem *Königreich der vier Winde* verbannt.

Auch der Thron blieb nicht unbesetzt, denn der Anführer aller Kaufleute wurde von den Einwohnern zum neuen König des *Königreiches der vier Winde* gewählt.

Aus purer Dankbarkeit heiratete König Albert die weiße Hexe Camilla und machte sie zu seiner neuen Königin, die ihm vier hervorragende, prächtige Söhne und eine wunderschöne Tochter schenkte. Seitdem zog wieder Frieden, Freiheit und Güte ins *Königreich der vier Winde* ein und die Untertanen lebten zufrieden und in Einigkeit bis zum heutigen Tage.

Die Trollbande

*W*usstet Ihr, dass einst die feigen Trolle das Märchenreich *widerrechtlich übernehmen wollten und einen Putsch planten? Nein? Dann wird es Zeit, dass Ihr die ganze Wahrheit endlich erkennt, damit sie niemals in Vergessenheit gerät und Ihr alle warnen könnt vor den fiesen Trollen aus dem Trollland.*

Alle Trolle hassten es, dass die Märchenbewohner in Freiheit und in Frieden lebten und glücklich ihre Wege zogen. Trolle schätzen nämlich weder Freiheit und schon gar nicht die freie Meinungsäußerung, denn sie waren wie die fleißigen Bienen und dienten einer winzigen selbsternannten Troll-Elitenkaste im herbstlichen, kühlen Trollland. Dort regnete es viel und die Sonne verirrte sich nur selten, denn die Trolle galten schon lange als Sonnenstrahlen-Verschmäher, weil sie sich gern im Finsteren tummelten. Sie genossen den trüben wolkenverhangenen Himmel und zündeten überall im Trollland bevorzugt Feuerstellen an, damit sie sich gegenseitig erkannten, weil sie schlecht sehen konnten.

Aber einmal, vor vielen, vielen Wintern traf sich ganz heimlich die Troll-Elite in einer tiefen Höhlenlandschaft mitten im Siebenhügelgebirge im dicht verwucherten Troll-Wald, der nur aus Tannen bestand. Der Gestank, der in der zentralen Grotte herrschte, war unerträglich, denn Trolle verabscheuten Reinlichkeit wie der Teufel das Weihwasser. Sie nahmen vielleicht alle zehn Jahre ein ungewolltes Bad im reißenden Fluss, wenn sie aus Versehen hineinplumpsten, weil sie über ihre eigenen krummen Füße stolperten.

Das eilig entzündete Lagerfeuer in der Höhle knisterte laut und dunkelgrauer Qualm stieg schnell empör. Es nebelte, die anwesenden sechs Trolle mit ihren roten an Igel erinnerten abstehenden Frisuren ein. Dazu fing sich der gespenstische Lichtschein in ihren entstellten und mit lauter Pickel übersäten Gesichtern, wo eins hässlicher erschien als das andere.

Dies allein reichte schon aus, um sich von den Trollen zu fürchten, wenn man ihnen womöglich begegnete. Aber am meisten verunsichert wurden sie durch den Scharlatan Xavadu, welcher aus dem *Königreich der aufgehenden Sonne* flüchtete, um dem Zorn *König Ludger der XXIV.* zu entkommen. Er versteckte sich rechtzeitig, als er die Gefangenschaft der Gräfin Lydia mit ansah und ahnte, dass der König auch nach ihm fahndete. So suchte er im Märchenland Unterschlupf, um der Bestrafung zu entkommen. Dort richtete er es sich gemütlich ein und schlich sich ins Vertrauen der Märchengestalten.

Der Gauner machte allen weiß, dass jeder Troll ein Dieb, ein Verbrecher und mit Rumpelstilzchen im Bunde stünde. Er belog alle, weil die Trolle ihm erwischten, als er gefälschtes Gold anbot. Das durfte keiner der Märchenwesen erfahren, sonst hätten sie ihm sein betrügerisches Goldgeschäft ruiniert. Leider gelang es ihm spielend, die gutgläubigen Märchengestalten zu seinen Gunsten zu beeinflussen und sie gaben den Trollen keine Chance, sie vom Gegenteil zu überzeugen. Der Gestank spielte Xavadu sowieso noch in die Karten. Daher war es keine Überraschung, dass jeder den Trollen aus dem Weg ging, und so niemals von seinem Gold-Betrug erfuhren, der sich ins Zwergenland absetzte, um dort mit seinen Goldstücken weiter zu betrügen.

Darum war der Ruf der Trolle nicht der beste im Märchenreich, denn seit Jahren lud sie auch keiner zu den Sommer- oder Winterfesten ein. Dies erzürnte die Troll-Elite total und förderte den Hass zu den anderen Märchenwesen ins Unermessliche.

Voller Zorn traf sich die Troll-Elite, um endlich zu beratschlagen und zu beschließen, wie sie es diesen Ratten heimzahlen konnten, anstatt nach friedlichen Wegen zu suchen aus dieser misslichen Lage. Aus lauter Rache wollten die Trolle es nicht mehr gestatten, dass die Märchenbewohner frei und unbeschwert lebten und sie nur mit Verachtung straften. Die Geduld der Trolle war beendet und es gab kein Weg mehr zurück, denn sie wollten die Einzigen sein, die nun überall bestimmten, *wer, wo und wie lebte.* Auch planten sie den Handel gezielt zu zerstören und das Hin- und Herreisen sofort zu verbieten. Sogar Feste sollten untersagt werden, um sich weiter zu vergnügen wie in alten Zeiten.

Ihr einziges Ziel war es, über das Märchenreich mit strenger Hand zu regieren und über alle Feen, Kobolde, Elfen, Hexen, Meerjungfrauen, Wassermänner, Riesen, Zwerge, Zauberer und sogar über die Einhörner zu herrschen, als ob sie alle ihre Sklaven wären.

So überlegten und überlegten sie lange, bis der Trollkaiser Hellos aus dem *Geschlecht der Trollkettennatter* plötzlich vorschlug, das Märchenvolk in Angst und Schrecken zu versetzen. Dafür erfanden sie die Lüge, dass ein neuer Feind plante das Märchenreich anzugreifen, um dort alle Bewohner eiskalt auszurotten.

Natürlich würden diese Märchengestalten ihnen nie und nimmer glauben. Also musste sie ihnen ihre Lüge schön verpackt präsentieren, in dem sich die Troll-Elite als Zauberer verkleideten, um sich zu tarnen. Dazu besprenkelten sie sich mit feinem Rosenöl, um den stinkenden Troll-Gestank zu verbergen.

Außerdem bauten sie ein Monster, welches an einen Büffel erinnerte, der aber doppelt so groß daherkam. Dazu stampfte er per Fernsteuerung auf zwei Hufen umher und seine Hörner waren scharf wie die Klinge eines Schwertes. Seine Augen rot wie Feuer und seine Zähne spitz wie die einer Lanze. Auch brüllte es wie ein Löwe, und Sabber tropfte aus seinem riesigen Maul.

Der Rest der Trolle war erfreut von diesem erschaffenem Monster. Begeistert rieben sie sich die schmutzigen Hände am Hintern ab und furzenten lauthals um die Wette. Da sie genau wussten, dass die Märchenwesen sehr gutgläubig waren, fühlten sie sich bereits auf der Siegesseite.

Hellos hatte sich als *Zaubermeister der Westseite* verkleidet mit dem dunkelblauen Sternenumhang und spitzen Sternenhut. Die anderen fünf als *Zauberlehrlinge der aufgehenden Sonne* mit dunkelgrünen Gewändern und dem goldenen Sonnensymbol auf der Brust.

Vergnügt rannten sie durch den Tannenwald, durchquerten die Grenze bis ins Märchenreich hinein. Dort verkündeten sie die Lüge, dass sie überfallen wurden, von einem fremden unbekannten Monster aus dem abtrünnigen Trollland, der ihre schäbigen Behausungen zerstörte und ihre Anhänger niedergestreckt hatte.

Dieser Feind sei nun auf dem Weg ins Märchenreich. Wie zur Bestätigung hörten alle Anwesenden das schreckliche Brüllen einer Bestie und flüchteten ängstlich in ihre Zuckerwattehäuser. Die Riesen fielen sogar vor Schreck in den Winterschlaf und schnarchten so laut, als ob ein ganzer Wald gerodet wurde.

Deshalb hielten sich die Trolle vor Lachen die Bäuche und genossen die Panik, die nun ausgebrochen war. Auch traute sich keiner mehr hinaus, während das furchteinflößende Brüllen nicht mehr endete und von überall her schallte.

Alle lebten nur noch in Angst und Schrecken vor dem furchtbaren Monster, welches sie schwer stampfen hörten. Auch zeigte es sich ihnen ab und zu am Fenster und zerfetzte alles was sich ihm in den Weg stellte, denn seine Zerstörungskraft kannte keine Grenzen.

Die Trolle amüsierten sich weiter über diese dummen Märchenbewohner, die sich freiwillig isolierten, um dem Monster zu entkommen. Keiner hatte noch Lebensfreude und alle blieben freiwillig an Ort und Stelle zurück.

Jetzt konnte die Troll-Elite ungehindert das Märchenreich übernehmen und sorglos jeden beherrschen. Sie boten den verängstigten Märchenvolk an, sie vor dem Monster zu beschützen, da sie eine ganze Armee im Trollland besaßen und der Feind nur ein einziger fieser Geselle war.

Dankbar stimmten alle durch Rufen zu und ließen die verkleideten Trolle gewähren. Sie erlaubten, dass diese Zaubergesellen den Handel übernahmen und für die Versorgung von Nahrung sorgten.

Die Troll-Elite freuten sich einen Ast ab, dass es so einfach war ihre Feinde auszutricksen und die Macht zu ergreifen. Widerstand existierte kaum als sie die Märchengestalten hungern ließen. Sie behaupteten, dass das Monster alle Vorräte aufgefressen hatte. Deshalb blieb ihnen nur der einzige Ausweg übrig, sich von Vogelbeeren und Fliegenpilzen zu ernähren, die nur im Trollland wuchsen.

Aber wie sollte das funktionieren, fragte sich das Märchenvolk, wenn wir doch unsere Häuser nicht verlassen können, weil das Monster überall noch so schrecklich wütet? Auch dafür hatte der Zauberer, der weiter seinen Namen Hellos trug, eine rettende Idee und versprach, die Vogelbeeren und Fliegenpilze zu organisieren, wenn sie dafür versprachen alles sofort roh zu essen.

Die Eingeschüchterten stimmten zu und warteten, bis Hellos ihnen die Vogelbeeren und die Fliegenpilze herzauberte. Dann rief er sie zusammen und verlangte von ihnen, die Nahrung anzunehmen, welche er stolz präsentierte.

Vorsichtig trauten sich die Verängstigten vom Hunger getrieben hinaus, nahmen panisch die Notspeisen an sich und wollten die Vogelbeeren und die Fliegenpilze essen, wie sie zugestimmt hatten. Aber im letzten Moment rief die Hexe Kunterbunt, welche gerade mit ihrem Besen angeflogen kam, weil sie für fünf Wochen ins Menschenreich gereist war: *„Nicht die Fliegenpilze und Vogelbeeren essen, die sind doch giftig! Was zum Henker ist hier los?"*

„Aber das Monster hat alles zerstört und unsere Nahrung aufgefressen. Wir sind am Verhungern!", brummte Kobold Eugen mit dem runden Bauch und fuchtelte wild mit seine Händen herum.

„*Wie aufgefressen?*", fragte Kunterbunt und ihre Augenbrauen hoben sich abwechselnd auf und nieder.

„*Ja, hast du das Monster auf deinem Rückflug nicht gesehen oder gehört?*", erkundigte sich Kobold Eugen erstaunt weiter.

„*Nein! Wer erzählt denn so etwas? Ein Monster habe ich nicht gesehen oder gehört? Auch keine zerstörten Felder oder Marktstände sind mir aufgefallen. Die Warenlager sind bis oben gefüllt und wurden nicht aufgefressen, denn ich habe mir einen Apfel für den kleinen Hunger besorgt. Wer hat Euch denn diesen Bären aufgebunden?*"

Da meldete sich die Blumenfee Rosmarie Rosienchen zu Wort und antwortete schüchtern: „*Diese Zauberer auf dem Marktplatz!*" Dabei deutete sie auf die entsprechenden Personen.

Ehe sich die Zauberer äußerten, rief Kunterbunt: „*Ene mehne miste, es knirsche wunderlich im Gebellchen ... enttarne sofort die Schergen und zeige mir ihre wahren Gesichtchen!*"

Kaum hatte Kunterbunt ihren Hexenspruch ausgesprochen, da fiel die falsche Zauberkleidung auf die Wiese und jeder Anwesende konnte nun die Trolle in ihrer Abscheulichkeit erkennen mitsamt dem fürchterlichen Gestank. Auch das Monster betrat die Bildfläche und löste sich wie eine Seifenblase auf.

Sofort ging ein lautes Raunen durch die Reihen der Anwesenden, bevor sie allesamt die verräterischen Trolle umstellten und sie dann gefangen nahmen.

Anschließend wurden die Riesen geweckt, damit sie nichts verpassten, wenn der Prozess vor den uralten Märchengericht stattfand, für diese überführten Troll-Verbrecher. Die Anklageschrift wurde von der Feenherrscherin Miriam verlesen. Der Troll-Elite wurde der schlimmste Betrug aller Zeiten vorgeworfen. Selbstverständlich wurde auch der Mordversuch am gesamten Märchenvolk mitberücksichtig. Die Beweise erbrachte die Troll-Elite durch ihre hinterhältigen Lügen und durch die giftigen Fliegenpilze und Vogelbeeren.

Schlussendlich erhielt die Troll-Elite ihre gerechte Verurteilung und wurde für immer ins Dunkelelfenland verbannt, wo es kein Entkommen mehr für sie gab bis ans Ende aller Tage.

Seitdem lebten alle friedlich und in Freiheit nebeneinander und sahen nie mehr einen von der Troll-Elite in ihrem Leben. Auch die restlichen Trolle wagten es nicht, sich ihnen zu nähern. Und wenn sie alle nicht gestorben sind, dann existiert das Märchenvolk glücklich und zufrieden bis heute noch weiter.

Das Dunkelelfenreich

Vor Urzeiten veränderte sich das Dunkelelfenreich schlagartig und verlor den magischen Zauber der Märchenwelt, welche es früher beinhaltete und es wunderbar schimmern ließ. Den Namen trug das Reich, weil die Nächte sehr lang waren und die Elfen dann besonders schön glitzerten und eher an Glühwürmchen oder eine sternenklare Nacht erinnerten. Daher tauften sie ihr Land damals schon Dunkelelfenreich, weil sie so stolz darauf waren. Die wunderschönen glitzernden Elfen, die einst aus allen Himmelsrichtungen stammten, erlebten diese unvergessene Zeit, als die Blätter fielen, kurz vor dem Wintertraum des neunten Zyklus im Haus der wandernden Pfauen.

Keiner hätte dies je für möglich gehalten in der sagenbewogenen Märchenwelt, als der Starkregen aus dem wolkenverhangenen Himmel auf die nun durchnässte Erde prasselte und den Boden mit lebensspenden Wasser füllte. Die Bäume und Pflanzen nahmen es dankbar an, denn sie dürsteten schon lange nach dem kostbaren Nass. Seit Monaten fiel kein einziger Wassertropfen vom Himmel, denn die längste Sommerhitze neigte sich endlich dem Ende zu und hatte noch nicht einmal vor dem Herbst Halt gemacht.

Inmitten des Waldes auf einem Armeisenhaufen landete Rumpelstilzchen unsanft auf seinem Hintern, weil er über einen Stein stolperte. Seine Finger bohrten sich tief ins aufgeweichte Erdreich. Ein Wutschrei verließ seinen Mund, während sich seine Augenbrauen zusammenzogen. Wieder einmal besiegten ihn die widerlichen Märchengestalten, da die Rautenhexe versagte und ihre Macht nicht bis zum Ende ausweiten konnte, um das Märchenvolk zu verdummen und gleichzeitig zu versklaven.

Jetzt musste er sich neue Verbündete suchen, die er benutzen wollte, um das verhasste Märchenland zu unterwandern und es an sich zu reißen. Da er meinte, dass die Elfen nicht die hellsten in der Birne waren, würde es ihm sicher gelingen, sie zu missbrauchen, um eine neue gewalttätige Armee zu errichten.

Sein Zorn wuchs, wenn er an den Koboldkönig Leopold und die Feenherrscherin Miriam dachte, die seine Pläne schamlos durchkreuzten. Doch er gab so schnell nicht auf. Er sprang hoch, während die Ameisen seine Beine hinaufkrabbelten. Fluchend klopfte er sie ab, bespuckte sie und stolzierte dann ins Elfendorf.

Sein Blick fiel auf die kleinen Zelte, die arg gebeutelt ausschauten und kurz vor dem Einsturz standen. Emsig liefen die Elfen durch den Regen und schienen nicht erfreut zu sein, dass sie nass bis auf die Knochen wurden. Er wunderte sich, wieso diese dummen Geschöpfe nicht Unterschlupf suchten. *Was ging im Zeltdorf vor?*, schoss es ihm durch den Kopf wie ein Blitz und er stemmte seine Hände in die Hüften.

Zuerst schenkten sie Rumpelstilzchen keine Aufmerksamkeit. Dieser Frevel ärgerte ihn maßlos. Deshalb brummte er mit hochrotem Kopf: *„Hey, ich komme Euch von weither besuchen und Ihr beachtet mich nicht! Wollt Ihr nicht wissen wieso?"*

Die Elfen blickten zu ihm und zuckten nur mit den Schultern. Für diese Schmach verfluchte er sie. Innerhalb einer Minute verdunkelte sich ihre schimmernde helle Hautfarbe in ein tiefes Schwarz. Erschrocken liefen sie umher. Auch ihr Glitzerglanz ließ nach, und ihre Schritte wurden schwerer und schwerer. Ihre Körper wurden muskulöser und schossen in die Höhe. Verschont blieben nur die Elfen, welche nicht im Dorf weilten und sich im Wald aufhielten, um Pilze zu sammeln.

Jetzt hatte Rumpelstilzchen ihre Aufmerksamkeit und ein Grinsen zuckte über seine schiefen Mundwinkeln. Dabei raunte er: *„Jetzt gehört Ihr mir und Ihr werdet meinen Befehlen gehorchen, wenn Ihr euer altes Aussehen wiedererlangen möchtet."*

Der Elfenanführer Wunderlich näherte sich zähneknirschend Rumpelstilzchen und durchbohrte ihn mit seinem finsteren Blick, bevor er aufmüpfig antwortete: *„Was verlangst du?"*

„Wenn Ihr mir helft eine unbesiegbare Armee aufzubauen, um das Märchenland zu überfallen, kommen wir ins Geschäft!"

„Wir befinden uns nicht mit dem Märchenvolk im Kriegszustand!", protestierte Wunderlich.

„Mir egal! Jetzt schon! Ihr seid Dunkelelfen und somit mein Gefolge!"

„Rumpelstilzchen, wir haben hier bereits die sechs Mitglieder von der Troll-Elite zu beherbergen und einen gewaltigen Schwarm Raben, der über uns hereinbrach wie aufgescheuchte Hühner. Wir sind doch nicht der Mülleimer für Finsterlinge. Du bist auch nur Gast im Dunkelelfenreich. Somit hast Du nichts zu melden!"

„Das werden wir noch sehen! Ich bin Rumpelstilzchen, der Gebieter aller Finsterlinge und deren Gefolge! Ich verwandelte das Dunkelelfenreich innerhalb eines Gedanken in ein winziges Schneckenhaus! Meine Macht ist riesig und Ihr werdet es begreifen, bevor der Tag vergeht und die Sonne nie mehr scheinen wird über dieses verkommene Reich. Nur Regen wird den Himmel verlassen und das so lange, bis Ihr tut was ich, euer Gebieter von Euch verlange, basta!"

Ehe Wunderlich widersprechen konnte, verfinsterte sich der Himmel und wurde schwarz wie Pech. Der Regen stürzte noch doller hinab. Dabei spülte er die Zelte weg, da inzwischen der Bach über das Ufer trat. Gleichzeitig entstand ein Gewitter. Dadurch schlug ein Blitz in eine Tanne ein, die sich augenblicklich spaltete, umfiel und Wunderlich unter sich begrub. Er war sofort mausetot.

Die Dunkelelfen erschraken und rannten kreuz und quer durch das zerstörte Dorf. Rumpelstilzchen lachte schallend und bändigte mit seinen Händen die Blitze, welche er umleitete und mit ihnen Jagd auf die Anwesenden machte.

„Von heute an seid Ihr meine Armee und werdet mir dienen, bis Ihr umfallt! Wer sich mir widersetzt endet wie euer Anführer Wunderlich!"

Den Dunkelelfen blieb nichts anders übrig als sich Rumpelstilzchen zu unterwerfen. Somit erschuf er sich seine Untergebenen, die ihm behilflich waren, die Raben einzufangen. Den Rabenschwarm verdammte er zu seinen Kundschafter, welche erneut ins Märchenland fliegen sollten, um zu spionieren. Die Mitglieder der Troll-Elite machte er zu seinen Anführern über die Dunkelelfen. Dann erarbeitete er einen Schlachtplan, um das Märchenland zu überfallen und dort alle zu versklaven. Eine neue Droge kam ihm in den Sinn, um sein Ziel schneller zu verwirklichen. Dafür zauberte er eine Mixtur herbei, die er den Trollen aushändigte. Automatisch zeichnete sich reine Schadensfreude über seine eigene Genialität in seinem hinterhältigen Gesicht ab.

Die fünf verschonten Elfen, die er nicht verflucht hatte, bekamen dies geschockt mit und brachen auf, um sich Unterstützung zu besorgen. Sie flogen mit leichten Flügelschlag zu den Feen, um sie vor der drohenden Gefahr zu warnen und um Hilfe zu ersuchen.

Sie entkamen aus dem Dunkelelfenreich und steuerten das Feenreich an. Dabei wurden sie von einem riesigen Schwarm krähender Raben verfolgt. Doch bevor sie die Elfen erreichten, gelang es den Geflohenen ganz knapp, die Grenze zum Feenreich zu überfliegen. Als der Schwarm erkannte, welche Gefahr ihnen drohte, drosselten sie ihre Geschwindigkeit und krähten noch lauter ihren Unmut den Elfen hinterher. Aber sie hatten keine Lust, vom Himmel zu fallen und ihre Existenz zu beenden, sobald sie mit dem Feenstaub in Berührung kommen würden, der die Grenze sicherte.

Darauf nahmen die Elfen keine Rücksicht und flatterten weiter zum Feenschloss. Die Raben kehrten der Abgrenzung zum Feenreich den Rücken und flatterten zurück zu Rumpelstilzchen, um ihn über die Flucht der Glitzerelfen zu berichten.

Als er dies erfuhr, ärgerte er sich maßlos und gab den Dunkelelfen die Schuld, dass sie ihm nicht berichteten, dass noch weitere Elfen existiertem, die er nicht mit seinem Fluch erwischte. Sie verteidigten sich und meinten, er hätte sie nicht danach gefragt. Außerdem waren sie der Überzeugung, dass man ihnen sicher nicht glauben würde. Denn Elfen und Feen hatten seit Jahren eine Meinungsverschiedenheit über Elfen- und Feenmagie. Daher würde es kein Problem geben. Feen wären so überheblich und von sich überzeugt, dass nur sie wahre Zaubermagie beherrschten. Sie würden ihnen sowieso mistrauen und es ihnen auch nicht glauben, dass die Glitzerelfen sie nur warnen wollten. Doch es war eine Lüge, denn es herrschte längst Frieden zwischen den Elfen und Feen, durch den Ehebund der Königskinder Oskar und Melisse.

Rumpelstilzchen gab sich damit nur unter Murren zufrieden, da er wollte, dass seine neu erschaffene Armee endlich das Märchenland überfallen sollte. Dafür bestückte er sie zusätzlich mit der dunkelsten Magie, welche ihm zu Verfügung stand. Dies färbte sich auf die Dunkelelfen ab und sie mutierten zu finsteren und noch kräftigeren Gestalten mit zwei Hörnern auf den Köpfen, und ihre Flügel verschwanden spurlos.

Jetzt konnten sie nicht mehr fliegen und bekamen dafür von Rumpelstilzchen hergezauberte schwarze Pferde mit einem spitzen Horn auf den Kopf und mit blutroten Augen, die dazu noch aus ihren Mäulern qualmten. Ihre Hufen trampelten gewaltsam den Boden platt, und keine Pflanze blieb heil.

Zufrieden gab Rumpelstilzchen mit einem Handzeichen zu verstehen, dass sie sich auf die Einhörner schwingen sollten. Die Dunkelelfen verstanden es und gehorchten erneut. Als sie oben aufsaßen, stellten sich die Tierwesen auf ihre dicken Hinterbeine und wieherten ohrenbetäubend laut. Angeführt wurden die Dunkelelfen von den sechs Trollen, deren Einhörner noch mächtiger wirkten und sogar Flügel links und rechts aufwiesen und eigentlich somit zur Gattung des Pegasus zählten.

„Reitet los und zerstört das Märchenland! Bringt mir alle Köpfe der Feinde, damit meine Rache sich vollzieht!", befahl Rumpelstilzchen gefühllos und deutete in Richtung Märchenland. Dies ließen sich die Trolle kein zweites Mal sagen und ritten los, gefolgt von der Dunkelelfenarmee. Rumpelstilzchen sah ihnen erwartungsvoll nach, bis sie aus seinem Blickwinkel verschwanden. Noch hörte er das Stampfen der mächtigen Einhörner. Trotzdem zog er seine Zauberkugel aus seinem Hut, welche er immer mitführte. Eilig fuhr er mit der rechten Hand darüber. Die Zauberkugel leuchtete rot auf und wurde dann schrittweise glasklar, bis er seine erwählte Armee darin erblickte. Er beobachtete, wie sie die Grenze zum Märchenland ansteuerten. Vergnügt grinste er und wartete, bis sie ins Märchenreich eindrangen, um alles dem Erdboden platt zu walzen.

Während Rumpelstilzchen wie gebannt in seine Zauberkugel starrte, bemerkte er nicht, dass die Raben sich hinter ihm plötzlich verwandelten und wieder ihre Ursprungsgestalt annahmen, welchen ihnen von der Rautenhexe genommen wurde, als sie jeden einzelnen in einen Raben verhexte. Da sie nicht mehr existierte, brach auch nach Tagen dieser Hexenfluch und sie verwandelten sich zurück in Feen und in Elfen.

Besonders die Feen freuten sich so sehr, dass sie sich wegschlichen, um in ihre Heimat zurückzukehren. Nur drei Glitzerelfen blieben zurück und verweilten hinter Rumpelstilzchen, der die Verwandlung immer noch nicht bemerkte.

Inzwischen hatte seine Armee die Kobolde in ihren Dörfern angegriffen und machte Jagd auf sie. Doch sie bekamen unerwartet Unterstützung von den Riesen, welche zu Besuch kamen, um das Herbstfest zu feiern. Sie erschlugen die hergezauberten Einhörner mit Felsbrocken aus der Umgebung, welche sie gegen sie schleuderten. Die Dunkelelfen und die Trolle fielen herunter wie Fallobst in den Dreck. Schließlich mussten die Gefallenen klein beigeben, weil die Kobolde und die Riesen viel stärker waren. Nun kamen auch die Feen und Glitzerelfen dazu und klärten die

Kobolde und Riesen auf, was hinter dem Angriff der Fieslinge stand. Fassungslos hörten sie zu und ärgerten sich über Rumpelstilzchen, der der Drahtzieher war.

Schnell wurde entschieden die Besiegten zurück ins Dunkelelfenreich zu verbannen. Alle marschierten gemeinsam los zur Grenze des Märchenlandes.

Rumpelstilzchen bekam es mit und explodierte vor Wut über seine erneute Niederlage. Er drehte sich mehrmals blitzschnell im Kreis, stampfte mit seinem rechten Fuß wild auf und fluchte ununterbrochen. Hinter sich nahm er plötzlich lautes Gelächter wahr und drehte sich ertappt um. Als er die drei Glitzerelfen in ihrer Schönheit erblickte, wollte er diese auch verfluchen. Doch sie kamen ihm zuvor und versetzten ihm zusammen einen mächtigen Schlag mit einem dicken Ast am Kopf. Dadurch strauchelte er, fiel über einen Schlussstein, der sich vor ihm öffnete und ihn schließlich hineinriss und einschloss. Die Elfen hoben ihn gemeinsam auf und warfen ihn in den Bach, der sich augenblicklich in ein Moor verwandelte, aus dem es kein Entkommen mehr gab.

Inzwischen erreichten die Sieger mit ihren Gefangenen die Grenze zwischen Märchenland und Dunkelelfenreich. Dort verstärkten sie diese magische Abgrenzung mit reinem Feenstaub, sodass keiner der Dunkelelfen oder der Trolle noch einmal unbemerkt eindringen konnten, ohne den Warnruf ertönen zu lassen. Anschließend brachten sie die Angreifer zurück in ihre Heimat.

Erwartet wurden sie von den drei Glitzerelfen, die die Schuldigen gemeinsam zum Moor führten und es als ihr neues Gebiet auswiesen. Sie sollten sich ringsherum ohne Protest ein neues Zeltlager aufbauen. Denn schließlich konnten sie nichts dazu, dass sie von Rumpelstilzchen verflucht wurden und sich nicht zurückverwandelten in ihre alten Elfengestalten. Leider haftete der Fluch an ihnen wie Pech und konnte nicht gebrochen werden, weil nur der Finsterling ihn zurücknehmen konnte.

Die sechs Trolle jedoch jagten sie mit Ästen und Steinen ins Moor. Dort hausen sie noch heute und wagen keinen Schritt hinaus, denn auch die Dunkelelfen würden dies nie mehr zulassen und ihnen eher die Köpfe kaltblütig abschlagen, als dass sich diese Trollbande wagte erneut über sie zu erheben, um die Befehlsgewalt auszuüben.

Von diesem Tage an lebten die Dunkelelfen und die Glitzerelfen friedlich mit allen Märchenwesen nebeneinander. Es herrschte jetzt überall Frieden, und keiner beabsichtigte den anderen zu beherrschen, zu versklaven oder gar zu töten, wie es Rumpelstilzchen hinterhältig plante, der nun für alle Zeiten im Schlussstein mit der Troll-Elite gemeinsam mitten im Moor gefangen sein Leben frusten musste. Seitdem schimmert das Dunkelelfenreich noch viel intensiver im alten wunderschönen Glitzerglanz.

Die Glücksfee

*E*s war noch nicht lange her, da weilte die Glücksfee Fortuna am winzigen Silberbach im Feenwald und wusch sich ihre grünen, langen, lockigen Haare, welche ihr bis zu den Fersen reichten. Die Paradiesvögel schwirrten umher und zwitscherten ihr schönstes Freudenlied, welches sie sehr genoss. Ihre Glitzerflügel balancierten ihren Körper leicht aus, damit sie nicht noch aus Versehen in das Wasser hineinplumpste. Ihr Spiegelbild blickte ihr entgegen, während kleine Wellen zart darüber tänzelten. Dabei beobachtete sie wie die Goldfische gemütlich hin und herschwammen. Dadurch bildeten sich winzige Blasen an der Wasseroberfläche. Verträumt dachte sie nach, wen sie heute mit ihrem Glücksglitzer besprenkeln sollte.

Ihr war nämlich zu Ohren gekommen, dass sich der Glückspegel rapide zurückentwickelt hatte. Besonders betroffen waren die Meeresbewohner. Es schien, als ob sie das Lachen verlernt hatten und nur noch Traurigkeit regierte. Dies führte bei ihr zu Unbehagen und ließ all ihre Freude aus dem Herzen entschwinden. Tagein und tagaus fragte sie sich, wieso sich dies in der Wasserwelt ereignete.

Doch zwei Tage später erzählte ihr die Feenherrscherin Blauelieschen bei der letzten Feenkonferenz, dass der Wasserman Wardefix den Meerjungfrauen einen Bären aufgebunden hatte. Angeblich grassierte ein schlimmer Seeschnupfen unter ihnen. Dagegen existierten nun irrsinnige Maßnahmen, welche dafür sorgten, dass sie vereinsamten und in ständiger Angst lebten. Fast jede Meerjungfrau befürchtete dem Tode nahe zu sein. Deshalb sollten sie sich schützen, sogar sich selbst in einer Muschel am Meeresgrund isolieren. Nur damit sie sich nicht ansteckten und bald das Zeitliche segneten, um als Meeresschaum zu enden. Fortuna hatte nur ein Kopfschütteln dafür übrig.

Also stellten sie einfach ihr gewohntes Leben nahezu komplett ein und verkümmerten in ihren Meeresseelen immer mehr und mehr. Besonders hart traf es die Seekinder, die nicht mehr an die Wasseroberfläche paddelten, um mit den Delfinen um die Wette zu schwimmen. Aber auch den ältesten aller Meerjungfrauen erging es ähnlich. Sie durften sich nicht mit ihren Enkelkindern und Töchtern treffen, obwohl die Jüngeren nicht ansteckend waren. Deshalb verstanden die Ältesten die Wasserwelt nicht mehr und vereinsamten. Viele von ihnen verwandelten sich in bewegungslose Eiskorallen, während das Leben aus ihnen wich.

Auch wagten sich die meisten Meerjungfrauen nicht mehr in den Algenwald, um die Fische zu besuchen und um Nahrung zu besorgen. Oder sie lauschten nicht mehr am Riff den wunderschönen Walgesang, der bei Mondlicht besonders romantisch klang.

Als große Gefahr sahen sie ebenso andere Meereswesen an und betitelten sie als Bazillenschleuder. Ihre Panik ging so weit, dass sie sogar die Schwimmrichtung änderten, um keinen persönlichen Kontakt mit anderen Wasserwesen einzugehen. Zusätzlich verhangen sie ihre Gesichter mit bunten Muschelketten, welche ihnen mehr Schaden als Nutzen einbrachte. Das freie Atmen unter Wasser wurde zur Farce und kriminalisiert. Dabei ging es mit Atemnot und Schnupfen sowie Husten einher. Trotzdem erkannten sie nicht, dass dadurch ihre Nasen liefen, und dass dies nichts mit den gefährlichen Seeschnupfen zu tun hatte. Die Jüngsten durchschauten es und misstrauten den verrückten Anweisungen, sich die Muschelketten umzuhängen. Dafür ernteten sie Beschimpfungen und galten als verpönt.

Der hinterhältige Wassermann Wardefix war nur eifersüchtig wegen der Schönheit der Meerjungfrauen und deren Gefolge. Er beneidete sie um ihre Anmut und Geschmeidigkeit, wenn sie durch den Ozean glitten. Wardefix wirkte eher wie ein grober

Klotz. Seine Schwimmzüge vertrieben die Delfine und auch oft die Wale. Die Einzigen, die mit ihm um die Wette schwammen, waren die Haie, die er sich als seine Privatarmee angelte. Sie sollten ihn unterstützten bei seinem irren Plan der Ausrottung der Meerjungfrauen. Er wollte den Ozean allein beherrschen und darüber mit seinen Haien bestimmen.

Daher verband er sich mit der Meereshexe Otterwa, die ähnliche Gedanken hegte. In ihrer Jugend besaß sie noch einen glitzernden Fischschwanz. Doch diesen verlor sie, als sie ihre Schwester Sontara ins Tote Meer manövrierte und sie dort verendete, weil sie keine Nahrung mehr fand. Als Strafe verbannte sie ihr Vater Kunnolor und nahm ihr die Magie der Meerjungfrauen für immer weg. Aus Scham flüchtete sie, sank bis tief in den Grund und wagte sich nicht mehr an die Oberfläche des Wassers. Da sie keine Sonne mehr abbekam erlosch auch ihr funkelndes Licht und sie mutierte zur schwarzen Wasserhexe mit acht Krakenarme.

Der Erste, der sie nach Jahrhunderten besuchte, war Wardefix, der ihr versprach, sie bei ihrer Rache zu unterstützen. Zuerst weigerte sie sich, aber er wusste genau, wie er es ihr schmackhaft machen konnte und bestach sie mit lauter glitzernden Kristallperlen. Schließlich brachte er sie dazu, sich ihm und seiner Armee anzuschließen. Sie stimmte zu und er bat sie einen Trank herzustellen, welcher alle Meerjungfrauen in Meeresschaum verwandeln sollte.

Otterwa war ganz hin und weg von dieser Idee. Sie mischte ein ganz besonderes Gift, welches sie von den Kugel- und Tintenfischen erntete. Dieses sollte als Wundermittel herhalten, um vor dem gefährlichen Seeschnupfen zu schützen. Wardefix verbreitete diese Lüge skrupellos, um so das Meeresvolk zu täuschen. Den Trank ließ er durch seine Haie an die Meerjungfrauen in ihren Muscheln verteilen. Diese Lakaien spielten sich als Retter in der Not auf. Doch in Wirklichkeit schadeten sie besonders den Älteren unter ihnen, denn sie verwandelten sich rasch in weißen Meeresschaum. Großkotzig gaben diese Verbrecher die Schuld denen, die sich weigerten den Trank einzunehmen.

Dies alles konnte die Glücksfee Fortuna nicht länger ertragen. Deshalb entschied sie sich nach vielen, vielen Jahren, die Meereswelt erneut in ihrer reichen Farbenpracht und Vielfältigkeit zu besuchen, um sie vor der drohenden Gefahr zu warnen.

Sie holte ihren geliebten Glücksstab, der aus mehreren vier Kleeblättern bestand, aus ihrem gelben Sonnenblumenhaus und schwebte dann heimlich mit ihm aus dem sicheren Feenreich. Mit leichtem Flügelschlag und felsenfester Entschlossenheit steuerte sie den Ozean im südlichen Gefilde an.

Als sie das blaue Wasser erreichte, flog sie bis zum Horizont, während gerade die Sonne blutrot unterging und der blaue Mond nun das Zepter am Himmel übernahm. Völlig unerwartet tauchte ein Schwarm von Quallen mit melodischen Gesang vor Fortuna auf. Als sie die Klänge wahrnahm erfuhr sie, wie die Meerjungfrauen lauthals gegen den Wassermann protestierten, der ihnen den Trank durch die Hilfe der Haie aufzwang. So hörte sie auch, dass ihre Lebensgrundlage der Algenwald willkürlich durch diese fiesen Gesellen zerstört wurde, weil sie ihnen einfach die Nahrung stahlen. Dies ereignete sich, als sie in ihren Muscheln weilten, um sich vor diesem todbringenden Seeschnupfen zu schützen. Leider war es von vorne bis hinten erstunken und erlogen, denn der Wassermann und die Meereshexe hielten sich den Bauch vor Lachen in einer geheimen Grotte in der Nähe der Brandung, wo das Wasser auf den Sandstrand traf.

„Ach, wie kleingläubig doch diese dummen Meerjungfrauen sind!", ließ Wardefix grinsend verlauten. Auch die Haie amüsierten sich köstlich und drehten eine Runde nach der anderen in der Wassergrotte. Dabei peitschten sie das Meer auf und der Wellengang nahm extrem zu, als ob ein Sturm aufzog. So erzählten die Wellen es den Quallen, die zufällig vorbeischwebten. Überwältig von den Geschehen, stimmten sie ihren Gesang an, um überall die Wahrheit über die Finsterlinge zu verbreiten.

Dann wurde Fortunas Aufmerksamkeit auf die vielen unglückliche Meerjungfrauen gerichtet, die auf den Wellen mit ihren Seepferdchen ritten. Vor ihnen breitete sich ein riesiger Teppich aus Meeresschaum aus. Deshalb vermutete Fortuna sofort, dass es sich um einen Trauerzug der Meeresbewohner handelte. Unglücklicherweise wurden sie plötzlich von schwarzen Haien gejagt. Ihre scharfen Zähne schnappten nach ihnen. Einige trugen Verletzungen davon und bluteten aus vielen Wunden ihrer Fischschwänze. Sie wichen trotzdem nicht zurück und leisteten Widerstand, während ihre Seepferdchen wild wieherten und gekonnt auswichen, wenn die Haie ihnen wieder zu nahekamen. Das Schauspiel ging so lange weiter, bis ihnen die Wale und Delfine zur Hilfe eilten. Gemeinsam bildeten sie eine friedliche Meereskette. Trotzdem rüsteten sich die Haie zum nächsten Angriff.

Diese erneute Bedrohung stimmte Fortuna unendlich traurig, und eine einzige Träne kullerte über ihre Wange und tropfte auf ihren Glücksstab. Dieser fing sofort an, extrem im grünem Lichterschein zu funkeln. Es dauerte nur einen Moment, und der Lichterkranz erweiterte sich ringförmig, bis er alle Meeresbewohner komplett einschloss und sie hell erleuchtete.

Plötzlich ließ die Haiarmee von ihrem erneuten Angriff ab und verwandelte sich in Meerjungfrauen und in Seepferdchen. In diesem Augenblick wusste keiner mehr, wer zu den Haien zählte. Sofort entwich die feindliche Aura, die wie eine Klette an dem Meeresvolk haftete, und alle umarmten sich. Dann sangen sie die Hymne des Meeres und tänzelten umher auf den Wellen. Immer mehr glückliche Meereswesen schlossen sich an und fühlten sich von einer großen Last befreit. Liebe, Freude, Freiheit, Zufriedenheit und Glück kehrten sogleich in ihre Herzen ein. Auch die unerträgliche Angst war entwichen wie Rauch eines Lagerfeuers, und keiner ließ sich mehr freiwillig in eine Muschel wegsperren, nur weil es der Wassermann und die Meereshexe so vorgeschlagen hatten. Im Gegenteil, jeder suchte nach ihnen. Die Wale fanden sie an den Klippen und zwangen sie zum alten gekenterten

Segelschiff, wo die *alten sieben weisen Nixen* ihr Domizil beanspruchten. Dort mussten sich die beiden rechtfertigen und gestanden ihre Schuld ein. Sie gaben zu, dass sie einen perfiden Plan nacheiferten, um die Meerjungfrauen zu reduzieren mit Hilfe Ottawas´ Wundertrank. Gleichzeitig planten sie den Rest der Meeresbevölkerung mit der Unterstützung der Haie zu unterjochen und anschließend zu versklaven.

Dies aber scheiterte kläglich, weil sich die Haie durch Fortunas Feenglücksmagie verwandelten und die beiden Widersacher allein dastanden.

Die Schuldigen entlarvten sich selbst, und schlussendlich verurteilte das *oberstes Ozeangericht der sieben Wahrheiten der Nixen,* die beiden zu verbannen bis zum Ende ihrer Existenz. Sie waren jetzt die Unglücklichsten auf dem Meeresgrund unter dem Riff. In einer tiefen Felsenhöhle sperrten die Wale sie ein, wo es kein Entkommen mehr für sie gab. Für ihr Verbrechen gegen die Meerjungfrauen kam nur diese Strafe in Betracht. Leider hatten sie viele Opfer zu beklagen, welche sich in Meeresschaum verwandelt hatten.

Den Haien ließen sie die freie Wahl zu bleiben, wie sie jetzt ausschauten, oder ihren alten Körper zurückzuerhalten. Die meisten Haie entschieden sich als Seepferdchen weiter zu existieren, da sie nicht mehr böse Jäger sein wollten. Ihrer Bitte wurde gewährt. Die nicht zurückverwandelten Gesellen mussten diesen Bereich des Ozeans sofort verlassen und schwammen zum Südpol. Dort kapselten sie sich ab von den restlichen Meereswesen und kehrten nie mehr in ihre alte Heimat zurück.

Fortuna war so froh, dass ihre Glücksmagie die Meerjungfrauen und ihre Mitstreiter gerettet hatte und sie wieder froh und unbeschwert auf den Wellen mit ihren Seepferdchen reiten konnten. Es drohte ihnen keine Gefahr mehr von den verurteilten Widersachern.

Von nun an konnten alle in der Unterwasserwelt bis ans Ende der Zeit unbeschwert gemeinsam in Frieden und Freiheit zusammenleben. Jede Nacht erklangen die Siegeslieder und waren überall auf dem Meer zu hören, aber besonders gut bei Vollmond.

Unterdessen kehrte Fortuna zufrieden ins Feenreich zurück und schimmerte wie noch nie zuvor in wunderbaren grünen Licht. Für diese außergewöhnliche Tat belohnte die Feenherrscherin Blauelieschen Fortuna und ihr wurde ein Platz im Feenrat zugesprochen, den sie bis heute bekleidet.

Der Baum der Raben

Es war einmal vor langer Zeit, da geschah etwas Unvorstellbares im Land der Raben, welches weit weg zwischen den Wolken quer über dem Regenbogen lag. Dort wuchs seit Urzeiten ein ganz besonders schöner, riesiger *Lebensbaum*, dessen mächtige Wurzeln hinunterreichten bis tief zur Märchenwelt. Die Äste waren dick und lang und machten sich im Wolkenmeer breit, bis zum letzten winzigen Winkel. Seine Baumkrone war die gewaltigste und schönste, die jemals existierte.

Dort trafen alle Raben zusammen, wenn sich etwas Grauenvolles bei den Märchenbewohnern ereignete. Schließlich waren sie die Boten des Todes und warnten vor dem bevorstehenden Ableben der Märchenwesen. Somit riefen sie mit ihren lauten Stimmen den Tod und die Engelswesen herbei, damit diese Engelsboten die Seelen hinaufbegleiten konnten, wenn das Leben aus ihnen wich wie eine Kerze, die erlosch und ihre Körper verließ, um heimzukehren ins Regenbogenland.

Die Vögel kehrten zurück in ihr Gebiet, um sich darüber auszutauschen, was nun geschehen müsste. Der uralte *Lebensbaum* war nur noch schwarz vor lauter Vogelkörpern, und kein grünes Blatt war mehr auszumachen. Das Gekrähe war ohrenbetäubend und schallte im Rabenland umher. Somit verstummte aber der Gesang der Engelschöre, die oft zu Besuch kamen ins Land der Raben, um mit ihnen zu konkurrieren, wer am schönsten sang. Sie wurden von dem Gekrähe diesmal einfach überstimmt. So etwas gab es noch nie. Das war kein gutes Omen! Die Engelsgestalten machten sich Sorgen und flogen sofort zu den Erzengeln in die höheren Sphären, um ihnen mitzuteilen, was im Rabenland passierte. Nur so konnten sie tätig werden, um die Sachlage zu erklären.

Also gesellten sich die allwissenden Erzengel zu den aufgebrachten Vögeln, die kaum ohne Flügelflattern auskamen und deren Schnäbel nicht stillstanden. Erzengel Michael hob sein Zepter und deutete auf den Rabenanführer Winedu, bevor er seine Stimme erhob und befahl: *„Was zum Henker ist denn in Euch gefahren? Ihr benehmt Euch wie aufgescheuchte Hühner! Los klärt mich auf!"*

Winedu flatterte vom *Lebensbaum* hinunter und setzte sich auf die Schulter des Erzengels. Dann stupste er ihn an der Wange mit seinen schwarzen Schnabel an und krähte ihm ins Ohr: *„Unser Lied hört nicht mehr auf, denn die Seelen schreien nach uns und wir können nicht überall gleichzeitig sein! Wir sind zu Wenige, um alle gerecht zu behandeln und den Todesengel herbeizurufen. Wir werden nicht mehr Herr der Lage!"*

Erzengel Michael blickte Winedu in die schwarzen magischen Augen und nickte wissend. *„Ja, ich weiß! Die Lage ist kritisch. Viele liegen im Sterben und können trotzdem nicht gehen, da ihre Zeit noch nicht gekommen ist! Ein aufgezwungenes Zauberwasser drängt sie dazu, ihr Leben hinter sich zu lassen. Sie kämpfen diesmal anders, um zu bleiben, weil ihre Seelen spüren, dass sie reingelegt wurden durch den Betrug eines nicht erprobten, zerstörerischen neuem Zauberwassers."*

„Was gedenkt der Rat der Engel dagegen zu unternehmen?", krähte Winedu besorgt und deutete mit dem Kopf zu den drei anderen Erzengeln.

„Ihr müsst euer Lied so lange und laut verkündeten, dass es den Märchenbewohnern auffällt, dass etwas vorgeht, um sie zu warnen vor dieser Ungerechtigkeit! Wenn sie nicht auf euren Gesang reagieren wird es weitergehen, bis nur noch wenige von ihnen übrigbleiben! Dann wird die Märchenwelt untergehen und die Menschen werden sie vergessen wie ein Windhauch im Sturm der Zeit."

„Wir singen doch seit Tagen und sogar schon in der Nacht! Aber sie hören uns nicht zu oder ignorieren uns ganz, weil sie in

ihrer Angst gefangen sind, wegen eines angeblichen häufig auftretenden Dornröschenschlafsyndroms, welches auf einmal die Märchengestalten gnadenlos befällt", beklagte sich Winedu seufzend. „Zum Glück gibt es nur einzelne Fälle, die durch einen Pilz verursacht wurden, wenn sie nicht richtig gekocht werden. Die Gnome haben sie unter die Pilzernte gemogelt! Ja, gewiss, davon warnen die kritische Stimmen der Zwerge und verkünden es bereits überall. Aber die wenigsten Märchengestalten glauben ihnen", krähte Winedu und flatterte mit den Flügel auf und ab. „Dafür wird ihnen die Schuld in die Schuhe geschoben und behauptet, die Zwerge würden den Dornröschenschlaf verbreiten, der mit Schüttelfrost und Fieberschübe einhergeht. Oder ihre Aussagen werden gänzlich zensiert, bevor sie die Wahrheit verbreiten können, weil sie im Kerker der Gnome landen. Nur, weil sie die Lüge erkannt haben, werden sie als Staatsfeinde des Märchenlandes durch alle Gnome verunglimpft und stark bekämpft. Diesen Gesellen sind die Macht und ihr Reichtum zum Kopfe gestiegen. Auch das Herrschen geben sie nicht mehr her und zwingen dem Märchenvolk ihren Willen mit verrückten neuen Verordnungen und Gesetzen auf. Daher dürfen alle, außer die Gnome selbst, ihre Unterkünfte nur im Notfall verlassen, um sich nicht am Dornröschenschlaf anzustecken! Es ist nicht zum Aushalten!"

Wieder nickte der Erzengel, während er zu seinen Begleitern schaute, bevor er antwortete: „Wir wissen es! Deshalb verbündet Euch mit allen Vögeln der Welt und kehrt zurück zu den ahnungslosen Märchenbewohnern. Dann fangt gemeinsam an, das warnende Lied zu zwitschern, bevor die Märchenwelt dem Untergang geweiht ist. Leider können die Schutzengel Euch nicht begleiten, denn wir alle müssen uns um all die armen Seelen kümmern, die nur zu uns reisen. Unglücklicherweise sind sie alle verstorben, obwohl ihre Zeit noch nicht abgelaufen war. Sobald die Seelen ihre Körper verlassen, ist ihr märchenhaftes Dasein abgeschlossen und wir führen sie heim ins Regenbogenland. So hat es der Schöpfer aller Lebewesen damals bestimmt, als er sie erschuf.

Wir können und dürfen nicht mehr eingreifen, sondern wir müssen sie unterstützen und beruhigen, da der Gevatter Tod sie eiskalt erwischt hat. Auch er ist mit der Lage total überfordert. Es geht ihm nicht anders als Euch, denn er kommt genauso wenig zur Ruhe und schwingt seine Sense im Sekundentakt. Unglücklicherweise sind es zu viele, die er gleichzeitig aufsuchen muss. Das belastet ihn tagein und tagaus. Aber so lautet das 1. Märchengesetz der Schöpfung, und dieses beinhaltet seine tragische Aufgabe seit Anbeginn!"

Winedu hatte genug gehört und flatterte von Erzengel Michaels Schulter weg, hinauf zum uralten *Lebensbaum* und schloss sich seinen Brüdern und Schwestern an. Dann flogen sie als riesiger Schwarm hinab zur Märchenwelt. Sie vereinigten sich mit allen wunderschönen und farbenprächtigen Vögeln, die dort heimisch waren. Danach schrien sie wie aus einem Schnabel ihr Lied hinaus, sodass es schließlich alle Märchenwesen vernahmen. Trotzdem wunderten sie sich sehr, warum all die Raben und die anderen Singvögel so einen unüberhörbaren Radau machten. Es kam einem panischen Geschrei sehr nahe. Was hatte dies zu bedeuten, fragten sie sich gegenseitig immer öfter.

Doch all die Vögel hörten nicht mehr auf zu zwitschern, sodass die Märchengestalten anfingen nachzudenken und es wurde ihnen bewusst, dass es ein Warngesang sein musste. Sie überlegten und überlegten und kamen zu dem Schluss, da es weder ein Erdbeben, ein Vulkanausbruch noch eine Überschwemmung, auch kein Waldbrand war, oder eine andere Naturkatastrophe gab, musste es etwas sein, was sie genauso schrecklich bedrohte. Nur was?

Schlussendlich entdeckten sie, dass etwas Eigenartiges vor sich ging, weil die Raben sich besonders bei den Häusern der Alten und Kranken und deren speziellen Heime tummelten. Sie ließen sich auf dem Fenstersims nieder, welche aus Zuckerrüben gefertigt waren. Sie klopften mit den Schnäbeln an die bunten Scheiben, während ihr Gesang nicht für eine Sekunde verstummte. Als die Leichenkutschen immer häufiger vorfuhren, konnte keiner mehr sein Blick abwenden und musste zugeben, dass der Tod zu oft eintrat, denn er riss gnadenlos die alten- und kranken Märchenbewohner in Massen mit sich in sein Reich.

Es war inzwischen so auffällig, dass sie nach dem Grund fragten und es fiel immer öfter bei dem Märchenvolk die Aussage: *Zauberwasser der Gnome gegen das Dornröschenschlafsyndrom.* Diese Burschen verkauften es als besonderes Heilmittel und verdienten sich so eine goldene Nase daran. Für die aufgeweckten Zwerge war nun endgültig klar was vorging, und sie forderten ein Ende dieser Schandtat. Als es immer mehr Märchenwesen anprangerten, konnte die *Obrigkeit der Gnome* es nicht mehr vertuschen oder leugnen, dass ihr *Zauberwasser* dafür verantwortlich sein musste.

Und siehe da, als die Abgabe des *Zauberwasser der Gnome* an die gewisse Gruppe der Märchengestalten gestoppt wurde, hörten die Raben auf zu singen. Aber auch die anderen Singvögel beruhigten sich und zwitscherten wieder wie gewohnt am Morgen, am Mittag und zur Abendstunde.

Von da an sangen die Raben nur noch ihr Lied, wenn bald eine Seele ihren märchenhaften Körper verließ, um die Reise ins Regenbogenland zu beginnen, und das verhielt sich wieder im gewohnten Rahmen.

Außerdem bekamen die Raben noch eine neuen Auftrag von den Erzengeln zugewiesen. So kehrten sie zu denen ein, die die Schuld auf sich geladen hatten und verantwortlich waren für diesen Genozid an der ausgewählten Gruppe der Märchenwesen. Ihre Seelen weilten jetzt im Regenbogenland, wo Milch und Honig floss und sie akzeptierten ihr Schicksal. Es gefiel ihnen dort sehr und sie ritten jeden Tag mit ihren farbenprächtigen Einhörnern von Nord nach Süd und von West nach Ost und umgekehrt. Dabei freuten sie sich, dass die Schuldigen nicht davonkamen, die ihren beabsichtigten Tod herbeigeführt und zu verantworten hatten.

Inzwischen sorgten die Raben dafür, dass dieses hinterhältige Pack keine ruhige Nacht mehr verbrachte. Sie krähten ihnen lauthals ihr Lied der Verurteilung ins Ohr, obwohl die Fenster und Türen überall geschlossen waren.

Der Gesang der Raben trieb sie schließlich in den Wahnsinn oder in den Selbstmord. Doch für diese feigen Gnome gab es kein Mitleid, denn wer sich schuldig machte an der Märchenbevölkerung wird keine Gnade erfahren, sondern tief fallen bis in die finstere Hölle, um dort im Feuer zu brennen, sobald ihre verdorbenen Seelen die Gnomkörper verließen.

„Gerechtigkeit ist nicht nur ein Wort, wie es diese böse Märchenoberschicht der Gnome und deren gekauften Handlanger jetzt am eigenen Leib spüren", krähte Winedu lauthals und flatterte seicht mit den Flügeln, während er eine neue Runde am Firmament drehte. Er steuerte beruhigt sein nächstes Ziel an, um den *Hauptmann der Gnome* endlich zur Rechenschaft zu ziehen für das größte Verbrechen gegen das Märchenvolk. Jedoch besonders strafbar hatte er sich bei den Zwergen gemacht, da es dort zusätzliche Opfer zu beklagen gab durch die ständigen Verleumdungen und Lügen, ohne das Giftgemisch des *Zauberwassers* noch mitzuberücksichtigen.

Der *Hauptmann der Gnome* bekam sein Fett so richtig ab, bevor er den Freitod wählte, da er das Gekrähe nicht mehr aushielt und seine Seele hinabfuhr in die Hölle. Dort wurde er von den Teufelswesen sehnsüchtig erwartet, die ihn direkt ins ewige Feuer warfen.

Als die letzte schuldige Seele aus dem Märchenland verschwand, kehrte Winedu heim zum uralten *Lebensbaum* in den Wolken. Dort verkündete er krähend den Sieg über die hinterhältigen Gnome und deren Vernichtungsplan. Ihr Irrsinn, die Märchenwelt für sich ganz alleine zu beanspruchen, scheiterte zum Glück kläglich, und alle Märchenbewohner können bis heute glücklich und zufrieden ihr Leben führen.

Die Lebenslichter

Gevatter Tod spazierte mit seinem einzigen Sohn Mitleid durch die tiefe Eishöhle, um ihn als Lehrling einzuführen und deutete auf zahlreiche verschiedene lange funkelnde Lichter, wohin das Auge auch reichte. Verwundert beobachtete der Jüngling das Lichtermeer, stieß seinen Vater an und fragte mit hochgezogenen Augenbrauen: *„Gevatter, was sind das überall für wunderbare Lichter? Wieso sind sie unterschiedlich groß?"*

„Jedes Licht symbolisiert die Lebensflamme jedes einzelnen Menschen auf Erden. Die Langen gehören den Kindern, die Mittleren den Erwachsenen und die Kurzen den Greisen."

Als Mitleid dies vernahm schien er noch verwirrter zu sein, zuckte mit den Schultern und murmelte: *„Gevatter, ich verstehe es nicht. Sie brennen doch alle ohne Unterlass. Aber was passiert denn, wenn eine ausgeht oder umfällt?"*

„Dann erlischt die Flamme und das Leben entweicht aus dem bestimmten Lebewesen wie Rauch, der in den Himmel steigt, während ihre Existenz auf Erden beendet ist und ich sie abhole, um sie heimzuführen zum lieben Gott. Komm, ich zeige es dir!"

Kaum hörte Mitleid das, kippte eins der kurzen Lichter um und erlosch, gefolgt von einem Zischen. Gebannt starrte der Jüngling auf die erloschene Flamme und merkte, wie sich sein Vater aufmachte und ihn gleichzeitig am Ärmel zog. Er folgte ihm, und die Umgebung um ihm herum veränderte sich schlagartig.

Plötzlich befanden sie sich in einem sterilen Krankenzimmer mit vielen medizinischen Geräten und Schläuchen. Eine alte Frau mit grauem Haar lag still auf dem Bett, und ihre Augen waren auf Gevatter Tod gerichtet, der ihr nickend zuwinkte. Erst schüttelte sie den Kopf, aber dann trat er zu ihren Füßen, streckte seine knöchrigen Finger nach ihr aus und berührte sie an beiden Knöcheln.

Beim Kontakt fuhr ihre Seele aus ihrem Körper heraus und trat neben Gevatter Tod. Er umarmte sie zärtlich und führte sie zum Fenster. Wie auf Kommando schossen sie gemeinsam durch das Glas und stiegen immer höher und höher in den Himmel hinauf. Mitleid folgte weiter seinem Vater ohne erneute Aufforderung. Blitzschnell erreichten sie die schneeweißen Wolken. Gevatter Tod übergab die Seele einem wunderschönen strahlenden Engel, der bereits auf die Ankömmlinge mit ausgestreckten Armen wartete. Der Engel lächelte freundlich und rief sanft: *„Willkommen!"*

Mitleid betrachtete die Szenerie und merkte erst, dass sein Vater ihn an der Schulter berührte, als er ihm zuflüsterte: *„Ich muss die nächste Seele abholen. Möchtest du mich weiterhin begleiten?"*

Der Jüngling fuhr wie elektrisiert zusammen, weil er durch den Engel abgelenkt war. Er nickte und versuchte Schritt zu halten mit seinem Vater, der es plötzlich sehr eilig hatte. Wieder wechselte die Umgebung und die beiden befanden sich diesmal auf einer befahrenen Straße, wo ein Kind blutüberströmt auf dem Boden lag.

„Aber", stieß Mitleid hervor und griff nach der Hand seines Vaters, *„du bist doch nicht hierhergekommen, um die Kinderseele zu holen? Es ist doch noch kein Greis."*

„Nein, ist es nicht, aber die Lebensflamme ist schon am Erlöschen."

„Bitte, Gevatter! Lass nicht zu, dass sie erlischt. Das Kind ist noch so jung und es ist viel zu früh!"

„Mitleid, du hast noch viel zu lernen, um zu verstehen, um was es geht. Ich kann das Erlöschen nicht aufhalten. Diese Macht wohnt nicht in mir inne, denn der Seele ist es so vorbestimmt. Manches Leben ist eben kurz und manches lang. Es ist wichtig, wie man lebt und was man aus seinem Leben macht. Das Wichtigste ist jedoch die Liebe zu sich selbst und zu anderen. Wer sich

nicht selbst liebt, ist auch nicht fähig seinen Nächsten zu lieben und wird kein guter Mensch sein. Dieses Kind hat viel gelernt in der kurzen Lebenszeit und ist bereit mit mir zu gehen.“

„Ich bitte dich inständig: Überdenke deine Worte und dein Handeln, liebster Gevatter!“

Zu spät, denn er war nicht aufzuhalten und ging schon auf das Kind zu. Mitleid war entsetzt, stellte sich in den Weg und ließ seinen Vater nicht passieren. Da hörte der Jüngling das Kind stöhnen und weinen. Er drehte sich um und fragte: „Was hast du, Kleine?“

„Schmerzen!“, stieß sie röchelnd hervor und weinte weiter.

„Hörst du, Sohn, du bist jetzt für ihr weiteres Leiden verantwortlich! Also lass mich zu ihr, damit ihre Qualen aufhören.“

„Nein!“, brüllte er wie von Sinnen und stieß seinen Vater weg. Dann wandte er sich dem Mädchen zu, bückte sich herunter und begutachtete ihre Verletzungen. Mit besorgter Mine berührte er mit seinen Händen ihren verletzten Körper und heilte sie wie durch ein Wunder.

Inzwischen rappelte sich Gevatter Tod auf und stellte sich neben dem Kopf des Mädchens mit Namen Johanna. Ein Lächeln schlich sich auf seine blassen Lippen, während er antwortete: „Mitleid, in meine Schuhe passt du nicht hinein. Dein Schicksal ist ein anderes. Du bist ein waschechter Heiler mit führsorglichem Herzen und hast die Kleine durch deinen Wunsch sie zu heilen gerettet. Ihre Lebensflamme leuchtet und das Licht ist wieder sehr lang, das spüre ich in meinen Knochen.“

„Danke, Gevatter!“ Der Angesprochene nickte erneut und reichte ihm aus seiner schwarzen Kutte einen Beutel, gefüllt mit lauter Kräutern. „Dies wird dir zusätzlich nützlich sein, um Krankheiten und auch Seuchen zu heilen. Aber du wirst nicht alle heilen können, denn wenn die Lebensflamme erlischt, komme ich, um die Seelen heimzuführen, damit sie sich vom Leben auf der Erde erholen können. Die Entscheidung obliegt nicht dir, sondern dem lieben Gott, vergiss das bitte niemals! Du musst versprechen danach zu handeln!"

"Sicher Gevatter, ich verspreche dir und dem lieben Gott Euch zu gehorchen!"

Seitdem heilte Mitleid zahlreiche Kranke im jedem Alter. Er musste sich aber das eine oder andere Mal geschlagen geben, wenn Gevatter Tod an die Tür klopfte und sein Tribut forderte, um die Seele heimzuführen.

Dies ging so lange gut, bis der Teufel eines fernen Tages heimlich aus der Hölle entwich und Mitleid herausforderte. Er vergiftete viele Menschen und machte sie unheilbar krank. Mitleid versuchte sie zu heilen, aber es waren keine Kräuter dagegen gewachsen, die diese Seuche aufhielt. Verzweifelt rief er nach Gevatter Tod, der sich komischerweise nicht blicken ließ. So kam der Jüngling zu dem Schluss, dass etwas nicht stimmte. Oder vielleicht war er nur zu beschäftigt mit seiner neuen Weiterbildung.

Inzwischen kehrte der Teufel bei Mitleid als altes Mütterlein mit krummen Rücken ein und gab sich als weise Zauberin zu erkennen, die ihm helfen könne, da sie über uralte Magie verfügte. Zuerst war Mitleid noch misstrauisch, aber das Mütterlein verführte ihn mit ihren gut gewählten Worten und bot ihm ein ganz besonderes Kraut an, welches er jedem zur Vorsicht einträufeln sollte, bevor die grausame Seuche alle erwischte und niederstreckte.

Mitleid fragte unbedacht: „Was verlangst du dafür, Mütterlein?" Sie flüsterte ihm grinsend zu: „Nur deine Seele ... dann sind wir im Geschäft!"

Überrascht zuckte der Jüngling mit den Schultern und überlegte, ob der Preis nicht zu hoch sei. Aber der Teufel konnte seine Gedanken lesen wie in einem Buch.

„Denk doch genau nach ... wie viele du mit dem Zauberkraut heilen kannst. Ich verspreche dir, dass sogar der Gevatter Tod arbeitslos wird und keiner mehr auf Erden sterben muss."

„Also nur meine Seele möchtest du als Pfand? Und mein Vater wird arbeitslos? Ob ihm das gefällt?"

„Nicht als Pfand, sondern als Bezahlung für die Heilung aller Menschen auf Erden vor dieser schrecklichen Seuche. Natürlich wird es den alten Gevatter freuen. Dann kann er endlich in den Urlaub ans Meer fahren, wo er immer schon gerne Zeit zu verbringen plante. Aber wegen seinem Dienst fand er nie Zeit dafür!"

„Wollen die Menschen denn ewig leben?"

„Ja, natürlich! Das ist ihr größter Wunsch, denn sie fürchten sich vor ihrem eigenen Tod, diese Besserwisser. Sie wären dir unendlich dankbar, wenn dieser Kelch an ihnen vorüberziehen würde. Wer will schon zu den langweiligen Engeln fliegen, um dort für immer zu verweilen?" Daraufhin fing der Teufel innerlich an zu lachen und es fiel ihm schwer, sich nicht zu verraten als er dachte: *Du Einfallspinsel bist zu blöd für diese Welt! Gib mir bloß deine Seele und dein Vater wird so unglücklich sein, dass er keine andere Seele mehr hinaufführen wird zu meinem Erzfeind. Dafür werde ich alle Seelen nach und nach stehlen und sie mit in mein Reich bringen, wo sie ewig brennen werden, ohne Hoffnung auf Erlösung.*

„Wirklich?"

Der Teufel nickte und reichte Mitleid seine Hand zum Einschlagen für den Pakt. Doch, bevor es ihm tatsächlich gelang den Jüngling zu betrügen, erschien Gevatter Tod und brüllte: „Satan, fahr hinfort in die Hölle und nimm dein Gift gleich mit! Du wirst niemanden ins Unglück stürzen, um gegen Gottes Plan zu verstoßen. Weder die Seele meines Sohnes noch die anderen Seelen wirst du bekommen und dein Eigen nennen. Sie gehören dem lieben Gott ganz allein."

Kaum verhallten Gevatter Tods Worte, da schoss ein Blitz aus dem Himmel und traf das angebliche Mütterlein. Dadurch wurde sie entzaubert und nahm die wahre Teufelsgestalt an. Gleichzeitig öffnete sich unter ihren Hufen der Boden, verschluckte sie komplett wie ein Krokodil und schloss sich dann wieder.

Mitleid war sprachlos, blickte zu seinem Vater, der zu ihm trat, ihn umarmte und sagte: *„Mitleid, zum Glück kam ich noch rechtzeitig! Du musst vorsichtig sein und nicht immer so gutgläubig. Es gibt kein Mittel, dass eine solche Seuche heilen kann, sondern sie höchstens eindämmt. Außerdem hat der Teufel dir eine hinterhältige Falle gestellt und dich nach Strich und Faden belogen. Die Seuche hat er selbst über die Menschen gebracht und ihr Name lautet: **Habgier**. Dagegen ist leider kein Kraut gewachsen. Nur wer reinen Herzens ist kann widerstehen und ist nicht käuflich. Deshalb verliert dieser Mensch nicht seine Seele an den Teufel und kann sich unbesorgt im Spiegel betrachten, denn sein Gewissen ist rein wie Schnee und gefällt so besonders dem lieben Gott.“*

„Ich verstehe“, antwortete Mitleid bewegt und war von diesem Tage an auf der Hut. Somit verfiel er keiner erneuten Täuschung durch den Teufel. Da er seine Lektion gelernt hatte, blieb er seinem Gewissen sowie der Wahrheit treu und heilte so viele kranke Menschen wie der Gevatter Tod es ihm im Auftrag des lieben Gottes gestattete.

Der Stechuskaktus

*E*s war einmal in einem fernen Zwergenland, weit, weit weg. Dort wurde ein Mädchen geboren, das so wunderschön war wie eine zarte rosarote Rose am Dornenbusch. Ihr Haar war so gelb wie die leuchtende Sonne und ihre Augen so blau wie das Meer. Auch ihre Haut war weiß wie Schnee und weich wie Seide. Die Lippen so rot wie köstliche Kirschen.

Ihre Eltern stolz wie Oskar, weil ihr Baby von allen Zwergen bewundert und bestaunt wurde. Sie waren so begeistert, dass sie ein Tauffest organsierten, um das neugeborene Kind mit dem Namen Rosarot in ihrer Mitte willkommen zu heißen. Es kamen viele Gäste aus der gesamten Märchenwelt zum prächtigen Tauffest, um das Kindlein zu sehen und um sich von dessen Schönheit zu überzeugen. Es wurde mit kostbaren Geschenken bedacht, damit es sich später daran erfreuen konnte. Besonders die Feen und Elfen freuten sich über das kleine Mädchen, das mit ihrem Lachen alle berührte und glücklich stimmte.

Nur die schimmernde Mitternachtsfee Darkness war überhaupt nicht begeistert, weil sich Eifersucht in ihr rührte. Sie hatte am gleichen Tag ein winziges Mädchen geboren, welches genauso wunderschön aussah. Der einzige Unterschied zwischen ihnen war ihr Haar, welches so schwarz war wie die Nacht. Darum nannte ihre Mutter sie Nachtgewächs. Doch alle schienen nur von dem Blondschopf begeistert zu sein. Das verletzte ihr Mutterherz dermaßen, dass sie überlegte, ihren Berater Covidstilzchen einen Besuch abzustatten.

Heimlich in der Nacht flog sie zu Covidstilzchen und besuchte ihn im *Wald der brüllenden Drachen*. Als sie ihn erreichte, tanzte das bunt gekleidete Männlein mit silbernen Zylinder gerade um ein riesiges Lagerfeuer. Dabei pfiff er freudig eine Melodie. Jedoch verstummte er, als er die Mitternachtsfee erspähte und hielt inne in seinem Tanz auf einem Bein.

Darkness setzte neben ihn auf und klagte ihm ihr Leid. Er grinste breit und antwortete wissbegierig: *„Was schenkst du mir für meinen Rat?"*

„Gold so viel du willst!"

„Das ist nicht genug!"

„Was möchtest du noch dazu haben?"

„Deine Erstgeborene!"

„Vergiss es!", brüllte Darkness, hob vom Boden ab und schwebte über das Männlein hinweg Richtung Zwergenland.

„Warte!", kreischte das Männlein und humpelte hinterher. Die Mitternachtsfee verharrte in der Luft und schaute auf ihn herunter.

„Okay, okay! Es war ein Scherz! Du kannst bei allen Waldgeistern deine Tochter behalten, wenn du mein Häuschen komplett mit Gold füllst. Dann kommen wir ins Geschäft! Später als Sahnehäubchen meinen echten Namen rufst ... das wäre der absolute Brüller!"

„Versprochen!"

„Gut!", nickte das Männlein. *„Wenn du magst, verfluche das Kind der Zwerge!"*

„Verfluchen? Welchen Fluch soll ich denn aussprechen? Ich kenne keinen. Ich bin doch keine dämliche Hexe!"

Covidstilzchen blickte grinsend Darkness an und murmelte amüsiert: *„Kein Problem ... such nach dem Hexenhut von der Rautenhexe, welchen sie im Märchenland hinter der Grenze in einem Weidenbusch versteckt hat, bevor Ritter Volker sie köpfte. Sobald du ihn aufsetzt, kannst du das Mädchen problemlos verfluchen. Wähle am besten den Fluch, wo es sich dreimal am sageumwobenen Stechuskaktus verletzt, bevor es 15 Jahre alt wird! Dann geht garantiert dein Herzenswunsch in Erfüllung! Denn niemand wird dich entlarven und verdächtigen."*

„Was passiert denn, wenn sie sich das erste, zweite und dritte Mal sticht? Wird sie dann hässlich, schläft sie wie Dornröschen ein oder stirbt sie?"

„Besser!"

„Lass dir doch bitte nicht alles aus der Nase ziehen, Covidstilzchen!"

„Zuerst kommt das hohe Fieber mit samt dem Schüttelfrost, welcher jeweils auch beim zweiten und dritten Mal als Begleiterscheinung auftreten wird. Jedoch beim zweiten Mal wird zusätzlich ihre Haut am ganzen Körper schuppig wie bei einem alten Drachen, und am Ende, beim dritten Mal, wird sie wie eine getrocknete Pflaume ausschauen ... Ja gewiss, alt und runzlig wie ihre eigene Urgroßmutter wird sie werden! Die Zwerge nehmen Reißaus und keiner wird sie mehr anblicken wollen. Ihre Schönheit zerplatz wie eine Seifenblase! Sie endet als alte verbitterte Jungfer und stirbt an gebrochenem Herzen aus lauter Einsamkeit!"

Dies gefiel Darkness sehr. Sie setzte vorsichtig auf der Wiese auf und umarmte dankbar das Männlein. Es stieß sie brummend weg, hüpfte zurück zum Lagerfeuer und pfiff wieder vergnügt seine Melodie, während er erneut herumtanzte. Darkness beobachtete ihn noch einem Moment, als er ihr hinterherrief: *„Vergiss nicht mich zu belohnen, sonst wird deiner Tochter das Schicksal von Rosarot zuteilwerden."* Den letzten Satz überhörte Darkness bewusst und flog Richtung Märchenland. Dabei verfolgte sie ein grünschuppiger brüllender Drachen, der plötzlich vor ihr auftauchte. Aus seinem Maul spuckte er Feuer und machte Jagd auf sie. Panisch wich sie im Zickzack aus, um sich nicht zu verbrennen. Erst als ihr die Flucht ins Märchenland gelang, verfolgte er sie nicht weiter und blieb lauernd vor der Abgrenzung, kreisend in der Luft.

Erleichtert suchte sie nach dem Hexenhut und schaute bei jeden Weidenbusch nach, bis sie ihn schließlich entdeckte. Sie zog ihn heraus, obwohl er sich mehrmals verhedderte. Dann setzte sie ihn auf ihren Kopf und merkte, wie mächtig er war, denn ihr wurde heiß und kalt gleichzeitig. Erst als es nachließ breiteten sich die unterschiedlichsten Flüche in ihrem Kopf aus, und sie verfluchte Rosarot. Dabei wünschte sie ihr ein sehr hohes Fieber, wenn sie sich endlich am *Stechuskaktus* stach.

Voller Schadenfreude behielt sie den Hexenhut auf, der ihr große Macht schenkte, während sie zu ihrer Tochter Nachtgewächs zurückkehrte. Bei all ihrer Fürsorge vergaß sie, Covidstilzchen das Gold zu bringen. Dies nahm er ihr übel und kehrte zu ihr ins Feenreich in ihr finsteres, verborgenes Schloss ein. Erschrocken bat sie ihm um Vergebung und schenkte ihm den Hexenhut als Wiedergutmachung. Er brummte nur verächtlich und forderte als Strafe die doppelte Menge an Gold. Sollte sie es ihm nicht bringen, würde der Fluch nicht wirken. Eilig besorgte sie das Gold aus ihrer versteckten Höhle im tiefen Baumstumpf und brachte es in sein Sandhäuschen. Das stimmte ihn zufrieden. Aus Dankbarkeit überreichte er ihr einen dunkelgrünen *Stechuskaktus*, den sie zu den Zwergen bringen sollte, damit er im Garten von Rosarots Eltern Wurzeln schlug.

Darkness war wieder begeistert, packte den kleinen *Stechuskaktus* an der Wurzel und passte auf, sich nicht an ihm zu piksen, denn er war von lauter spitzen Stacheln bewuchert. Damit flog sie nachts zu den Zwergen. Sie schwebte über das Häuschen aus Zuckerwatte, deren bunte Fenster aus Zuckerrüben bestanden und ließ sich im wunderschönen Blumengarten nieder. Dort pflanzte sie den *Stechuskaktus* in der hintersten Ecke am Zaun ein und begoss ihn mit Blumenwasser aus der Regentonne. Als er Wurzeln schlug, erblühte eine einzige rosarote Knospe obendrauf, die sich erst nach Sonnenaufgang öffnete.

Die Mitternachtsfee freute sich tierisch und konnte nicht mehr erwarten, bis Rosarot sich stechen würde. Sie kehrte zu ihrer eigenen Tochter zurück und wartete geduldig ab.

Als Rosarot fünf Jahre alt wurde, spielte sie im Blumengarten zum ersten Mal mit den schneeweißen Tauben aus der Wolkenwelt, welche sich mit ihr sofort anfreundeten. Dadurch übersah sie den in die Höhe gewachsenen *Stechuskaktus*, der von anderen Blumen, Büschen, Sträuchern und Pflanzen umringt war. Zu spät! Ein Schrei entwich ihrem Mund, als sie sich daran stach. Der Stachel brach ab und drang tief in ihren Zeigefinger ein. Sofort ging sie in die Knie, und innerhalb einer Minute suchte sie ein hohes Fieber heim.

Ihre Eltern erschraken und riefen nach dem Heiler Wellenbrecher. Er untersuchte das fiebernde Kind und fand heraus, dass es vermutlich von einer Biene oder einer Wespe gestochen wurde, als er den Stachel aus ihrem Finger zog. Deshalb war er sicher, dass sie allergisch reagierte. Er ahnte nicht, dass der *Stechuskaktus* die Schuld trug, der sich gekonnt im Blumengarten verbarg. Der Heiler trichterte ihr einen Honiggurkentrank ein. Doch das Fieber blieb weiter hoch, und Schüttelfrost piesackte sie zusätzlich. Wellenbrecher war am Ende seines Lateins. Darum schlug er vor, sich an Xavadu zu wenden, der über alle Krankheiten Buch führte, die je im Zwergenland aufgetreten waren und Bescheid wusste. Dass Xavadu aber in Wirklichkeit ein Scharlatan, ein Betrüger und eine Lügenfresse war, wusste immer noch keiner in der Märchenwelt.

Gesagt, getan, und er wurde befragt. Auch er sah sich das Kindlein an. Dann beratschlagte er sich mit Wellenbrecher. Sie kamen schließlich zu dem Schluss, dass es wohl eine Hornisse gewesen sein musste, die Rosarot stach. So mixte Wellenbrecher ein neues Heilmittel mit Kirschkernen, Aprikosenblüten und Mandelsplitter. Dies senkte tatsächlich das Fieber so weit, dass es nicht mehr lebensbedrohlich für das Kind war. Zum Glück ließ auch der Schüttelfrost langsam nach. So wurde Xavadu als Retter gefeiert, obwohl er nur geraten hatte. Dies behielt er lieber für sich und markierte den Allwissenden. Aus Dankbarkeit schenkten die Zwerge dem Scharlatan zehn Krüge mit feinsten Rotwein, welchen er mit Wellenbrecher becherte. Als beide betrunken waren, löste es ihre Zungen und Xavadu gestand seine Ahnungslosigkeit. Keiner außer Wellenbrecher erfuhr davon, und er würde sich nach seinem Kater sowieso nicht mehr daran erinnern. Nachdem sie ihren Rausch ausgeschlafen hatten, beratschlagten sie sich ein weiteres Mal und schlugen Rosarots Eltern vor, das Kind zum Schutz in den schiefen Turm zu sperren. Dort wohnte das Schließgespenst, welches sie bitten sollten, auf ihre gefährdete Tochter zu achten, um sie dann wegzusperren. Es durfte sich nicht wiederholen, dass sie erneut von einem Insekt gestochen wurde.

Als es Rosarot besser ging, brachten ihre Eltern das kleine Mädchen in den schiefen Turm und baten das Schließgespenst es wegzusperren. Dort blieb die Kleine bis zu ihrem zehnten Geburtstag eingesperrt. Ihre einzige Freude, waren die schneeweißen Tauben, welche ihr die Treue hielten, seit sie sich das erste Mal stach. Sie besuchten das Kind im schiefen Turm jede Nacht. Das Mädchen spielte mit ihnen und hoffte, dass sie ihr eines Tages halfen zu entkommen. Sie versprachen es und erzählten ihr von dem einst einsamen, grünen *Glitzerdrachen*, mit dem sich die schneeweißen Tauben ebenso angefreundet hatten, als sie ihn damals mit der Lichtgestalt Ramona aufsuchten und entschieden bei ihm zu bleiben. Bestimmt würde er Rosarot irgendwann aus dem schiefen Turm befreien können. Das beruhigte sie und sie träumte sogar von ihm, wie er mit den schneeweißen Tauben durch die Lüfte flog.

Seit Monaten hatte sie auch kein Fieber mehr, und so wünschte sie sich, zum 10. Geburtstag ihr Gefängnis verlassen zu dürfen. Erst waren ihre Eltern nicht begeistert, aber sie bettelte und bettelte bis sie schließlich nachgaben, da sie keinen anderen Wunsch äußerte.

Freudig rannte sie in den Blumengarten in ihrem himmelblauen Kleidchen und bewunderte die Sonnenblumen, die größer wuchsen als sie selbst. Dadurch war der *Stechuskaktus* umringt von diesen Sonnenanbeterinnen, sodass er nicht sofort ins Auge fiel. Rosarot war so voller Elan und tänzelte den schneeweißen Tauben hinterher, die vor ihr flatterten, weil auch sie gekommen waren, um ihr zu gratulieren. Sie war so glücklich, dass sie um jede Blume herumlief, sie berührte und liebevoll tätschelte, bis sie sich erneut an dem *Stechuskaktus* stach. Nur diesmal blieb der Stachel nicht in ihrem Zeigefinger stecken, sondern haftete weiter an der Pflanze.

Rosarot blutete, nahm erschrocken ihren schmerzenden Finger in den Mund und schleckte ihn ab. Dies entging ihren Eltern nicht und sie befürchteten Schreckliches. Ihre Ängste bekamen Nahrung, denn Rosarots Finger, Hand und auch Arm entwickelte eine schuppige Haut, welche sich ständig pellte wie bei einem alten Drachen. Dazu stieg ihre Körpertemperatur bedrohlich an mit einhergehenden Schüttelfrost. Es dauerte noch nicht einmal sechzig Sekunden und das Mädchen kippte auf der Wiese um und verlor das Bewusstsein. Ihre Mutter schrie panisch, und ihr Vater rannte zu ihr. Dabei stellte er fest, dass seine geliebte Tochter wieder fieberte. Er verfluchte seine Entscheidung, sie aus dem schiefen Turm herausgeholt zu haben, damit sie draußen ihren Geburtstag feierte. Er schwor, dass dies nie mehr passieren würde und hob das Kindlein vorsichtig auf. Mit seiner Ehefrau brachte er es zurück in den schiefen Turm. Dort wartete schon das Schließgespenst und klimperte mit den riesigen Schlüsselbund. Besorgt schwebte es zum Bett, schaute zu, wie Rosarots Vater das Mädchen hinlegte und nach dem Heiler brüllte. Innerhalb einer Viertelstunde kam Heiler Wellenbrecher und untersuchte das erkrankte Kind. Die schuppige Haut hatte sich jetzt bereits bis zum Gesicht ausgebreitet und pellte sich auch dort stark. Es erinnerte an einen schlimmen Sonnenbrand, obwohl sie doch nur kurz draußen im Blumengarten weilte.

Wellenbrecher versuchte, die schuppigen Stellen mit Olivenöl zu behandeln, aber all seine Bemühungen scheiterten kläglich. Wieder wandte er sich an Xavadu. Er empfahl ihm Ringelblumenbalsam mit Kokosnussöl gemischt für das Hautproblem und für das erneute Fieber Koboldkraut.

Beide Mittel linderten die Beschwerden nach drei Tagen, aber konnten sie nicht vollständig heilen. Rosarots Eltern verzweifelten und sorgten dafür, dass ihre Tochter täglich weiter behandelt wurde und im schiefen Turm leben musste.

Rosarot gehorchte zwangsweise. Ihr einziger Trost blieben die schneeweißen Tauben, die jede Nacht zu ihr geflogen kamen und ihr von dem grünen *Glitzerdrachen* erzählten. So verging die Zeit, und das Mädchen entwickelte sich langsam zu einer jungen Frau. Bald würde ihr 15. Geburtstag anstehen, und sie wollte nicht länger im schiefen Turm wohnen. Deshalb bat sie das Schließgespenst, ihr die Freiheit zu schenken. Als Antwort lachte es Rosarot aus und klimperte so laut mit den Schlüsselbund, dass es einen schauderte.

Aus lauter Verzweiflung weinte Rosarot bitterlich, sodass die schneeweißen Tauben am Tage zu ihr flogen, um sie zu trösten. Doch das Mädchen beruhigte sich nicht, obwohl sie sich ihre Tränen an ihrem meterlangen Zopf abtrupfte. Sie hatte nur noch ihre Freiheit im Kopf und wäre am liebsten mit den schneeweißen Tauben davongeflogen. Doch sie verfügte leider nicht über Flügel wie die Feen und Elfen. Schließlich waren die schneeweißen Tauben zu klein, um sie aus dem schiefen Turm zu befreien und so musste ein Plan her. Die schneeweißen Tauben versprachen ihr, sie endlich aus ihrer misslichen Lage zu befreien und Hilfe zu besorgen. Deshalb flogen sie durch das kleine Fenster hinauf in den blauen Himmel, um den *Glitzerdrachen* herbeizuholen. Sie würden ihn überreden müssen, denn er mied das Zwergenland, weil die Bevölkerung sich vor ihm zu Tode fürchtete, obwohl er ihnen nie etwas Schlimmes zufügte. Aber seine enorme Größe ängstigte sie seit Jahren und die Zwerge schrien panisch, wenn sie ihn am Himmel entdeckten.

Inzwischen erfuhren ihre Eltern, wie unglücklich Rosarot sich fühlte. Aber sie hatten Angst um ihre geliebte Tochter und würden sie nie mehr aus dem schiefen Turm hinauslassen, egal wie sie auch bettelte.

Ihr 15. Geburtstag stand morgen an, und Rosarot versuchte aus dem schiefen Turm zu entkommen. Aber das Schließgespenst vereitelte ihren Fluchtversuch und sperrte sie ganz oben in der Turmspitze ein, wo nur eine kreisrunde Luke Sonnenschein hindurch scheinen ließ. Dies sprach sich herum, und auch Darkness erfuhr davon. Ihr wurde bewusst: Wenn sich das Mädchen nicht zum dritten Mal stach, wäre der Fluch gebrochen. Das musste verhindert werden. Schließlich wollte sie, dass ihre Tochter Nachtgewächs die Schönste aller Mädchen war, damit *Prinz Waldemar der Fünfte,* der Thronfolger im Zwergenland, sie ehelichte und nicht diese Göre Rosarot.

Die Mitternachtsfee überlegte und überlegte und beschloss, ins Land der Zwerge zurückzukehren und dafür zu sorgen, dass sich der Fluch auch zum dritten Mal erfüllte. Doch wie sollte sie es anstellen? Das Mädchen war gefangen und streng bewacht im schiefen Turm. Leider wuchs der *Stechuskaktus* weiter im Blumengarten und nicht in ihrer Unterkunft. Deshalb beschloss sie, erneut zu Covidstilzchen zu fliegen und ihn um seine Unterstützung zu bitten.

Wieder tanzte das Männlein um das Lagerfeuer herum und pfiff seine Melodie. Darkness fragte sich, wie der Text seines Song lautete, aber keiner kannte ihn. Doch viel länger konnte sie nicht ihren Gedanken nachhängen, denn er bemerkte sie und wandte sich ihr zu.

„Was verschlägt dich zu mir?"

„Kannst du es dir nicht denken? Die Göre wird morgen 15 Jahre alt, genau wie meine Tochter. Schließlich hängt dieses Mädchen im schiefen Turm gefangen fest. Wie soll sie sich denn bis morgen stechen, wenn sie nicht in den Blumengarten gelassen wird?"

„Ach, ist es morgen soweit?", fragte Covidstilzchen mit Unschuldsmine und einem verschmitzten Schmunzeln. *„Na, dann musst du den Berg zu dem Mädchen schaffen, damit sie sich wie geplant sticht."*

„*Hä, welchen Berg? Ich verstehe nur Bahnhof!* "

„*Natürlich nicht den Berg, sondern den Stechuskaktus!*",
stöhnte er und schlug sich wegen ihrer Dummheit mit der flachen
Hand an die Stirn.

„*Wie soll ich das denn anstellen? Er ist doch tief mit dem
Erdboden verwurzelt! Den kann ich nicht so einfach aus dem
Boden reißen! Dafür bin ich viel zu schwach.* "

„*Das ist nicht mein Problem! Schließlich hast du mir bis heute
nicht verraten wie mein wahrer Namen lautet. Solltest du ihn wissen, dann nenn ihn mir jetzt und ich helfe dir bei der stachligen
Pflanze.* " Darkness schaute ihn entsetzt an und zuckte mit den
Schultern. „*Du hast noch zehn Stunden Zeit, bevor der Kuckuck
zwölfmal ruft und Rosarot 15 Jahre alt wird. Also beeile dich!* "

Darkness war erschüttert und sie wusste, er meinte es ernst.
Also flog sie ins Zwergenland und stattete Xavadu einen Besuch
in den hohen Bergen ab. Er wusste doch immer alles und schuldete ihr noch einen Gefallen. Schließlich versteckte sie ihn damals
von diesem erschaffenen Monster der Trolle, als sich alle in ihren
Behausungen verbargen und er kein Heim sein Eigen nannte, weil
der Blitz einschlug und es abbrannte bis zum Grund.

Xavadu war immer gut gelaunt, bis zu dem Augenblick als
Darkness ihn danach fragte, ob er den echten Namen von Covidstilzchen kannte.

„*Der Name ist ein Geheimnis! Niemand kennt ihn in der gesamten Märchenwelt. Warum willst du ihn wissen?* "

„*Ich muss ihn wissen, damit er mir hilft.* "

„*Das kannst du vergessen! Er wird dir niemals helfen. Warum
sollte er es denn auch? Er ist ein Männlein aus dem Walde der
brüllenden Drachen und beherrscht noch die Naturgeister und
alle Fabeltiere. Sein älterer Bruder Rumpelstilzchen war für ihn
ein guter Lehrmeister, bevor dieser im Schlussstein im Moor landete. Er vertraut sowieso keinen außerhalb seiner Familie, das ist
überall bekannt.* "

„*Aber ich brauche seine Hilfe, damit meine Tochter endlich als Schönste in der Zwergenwelt ausgerufen wird. Ich will, dass Prinz Waldemar der Fünfte sie heiratet und nicht diese schreckliche Göre Rosarot.*"

„*Ich verstehe!*"

„*Dann gib mir einen Rat oder ich verpetze, dass du mit gefälschten Gold handelst.*"

Das gefiel dem Scharlatan überhaupt nicht und er brummte verärgert. Aber schließlich riss er sich zusammen und murmelte: „*Meine Idee wäre: Flieg zu ihm, versteck dich hinter einem Baum und belausche das Männlein. Vielleicht erfährst du zufällig seinen echten, geheimen Namen.*"

„*Ja, das ist eine hervorragende Idee! Danke Xavadu, dein Geheimnis werde ich hüten wie mein Augapfel.*"

Als Antwort grinste der Scharlatan und sein Gesicht verriet, wie er sich über die Mitternachtsfee amüsierte. Denn natürlich kannte er den wahren Namen, denn er war eben eine echte Lügenfresse. Aber er würde ihn ihr niemals offenbaren. Auch würde er sie nie begleiten, denn sonst könnte er keine Geschäfte mit Covidstilzchen mehr tätigen. Schließlich waren sie schon lange Saufkumpanen und verwandt um hundert Ecken obendrein. Xavadu war sicher, dass die Mitternachtsfee viel zu dämlich agierte, um das Männlein auszuspionieren und auf voller Line versagen würde. Dies ließ ihn erneut grinsen, während er seelenruhig gefälschtes Gold herstellte, um es als echt zu verkaufen.

Darkness dagegen machte sich keine Gedanken und flog zurück in den *Wald der brüllenden Drachen*, wo sie sich als Busch tarnte. Dann kroch sie auf allen Vieren vorwärts, bis sie die Stelle im Wald erreichte, wo das Lagerfeuer knisterte. Das Männlein tanzte immer noch vergnügt umher. Anscheinend fühlte er sich sicher und mutterseelenallein, denn sie hörte ihn fröhlich singen: „*Ach, wie gut das niemand weiß, wie ich heiß! Ach, wie gut das niemand weiß, dass ich der wahre Grund für Fieber und Schüttelfrost bin. Ach, wie gut das niemand weiß, dass der Stechuskaktus mein verlängerter Arm ist, der das Fieber, den Schüttelfrost und die Hautprobleme verursacht. Ach, wie gut das niemand weiß, dass ich in Wahrheit "Influenza" heiß!"* Diesen Text wiederholte er neunmal, bis er plötzlich verstummte und nach einem Weinkrug angelte. Dann setzte er ihn an, leerte ihn in einem Zug und warf ihn anschließend ins Feuer.

Darkness wartete noch eine Viertelstunde ab, bis sie sich mit heftigen Flügelschlag bemerkbar machte und rief: *"Covidstilzchen, Covidstilzchen, Covidstilzchen, ich bin zurück!"*

Siegessicher blickte er in ihre Richtung, schaute sie erwartungsvoll an und gierte danach, den falschen Namen aus ihrem Mund zu erfahren.

"Ich weiß es! Heißt du etwa Covidstilzchen, nein genau, das ist nur dein Tarnname!"

"Ich gebe dir noch zwei Chancen, deinen ersten Versuch hast du soeben verbockt!"

"Das mit Covidstilzchen zählt nicht!", stritt sie vehement ab und schaute ihn angesäuert in die Augen. *"Da du ihn selbst benutzt und ihn jeder im Märchenland kennt."* Nickend gab er nach und antwortete knurrig: *"Okay, weil du es bist! Also, wie heiß ich?"*

"Heißt du ... vielleicht ... Barbarossa?"

"Nein, nein, nein, so heiß ich nicht!" Dabei schüttelte er heftig den Kopf, zappelte herum, während er ihr die Zunge zeigte und vergnügt quietschte. Dann forderte er mit seinen Händen den nächsten Namen ein.

"Heißt du vielleicht ... Xavadu!"

Das Männlein lachte schallend, schüttelte wieder heftig den Kopf, drehte sich um seine eigene Achse und wackelte mit seinem Hintern in ihre Richtung. *"Deine letzte Chance und dann war es das für dich!"*, stieß er befehlerisch hervor und quietschte wieder. Denn im Geheimen wollte er nicht, dass sich der Fluch erfüllte, weil er selbst Interesse an dem Mädchen hegte, um sie zur Braut zu nehmen.

„*Da du weder Barbarossa noch Xavadu heißt und du der jüngere Bruder von Rumpelstilzchen bist!*" Die ganze Zeit lachte das Männlein amüsiert weiter und zeigte ihr sogar einen Vogel.

„*Dann kommt nur ein einziger Name in Betracht ... heißt du etwa ...äh...*"

„*Nenn endlich meinen bestgehüteten Namen oder verschwinde aus meinen Augen! Du nervst!*"

„*Äh ... wie du meinst! Heißt du ... genau ...*", machte sie es noch extra spannend, sodass er sie wie ein Wolf mit gefletschten Zähnen gefährlich anknurrte, bevor er anfing, sie wieder auszulachen. „*Äh ... INFLUENZA!*", kreischte sie und klatschte gleichzeitig in die Hände. Das Lachen ihres Gegenüber erstarb urplötzlich und ein wütender Schrei entfleuchte aus seinem Mund, bevor er brüllte: „*Ach, du scheiße ... das hat dir der Wind verraten!*" Dann stampfte er mit dem linken Fuß auf. Sofort bebte der Boden sehr stark, und die Mitternachtsfee hatte Probleme auf den Beinen zu bleiben. Sie schwankte wie bei einem Schiff in Seenot hin und her und kämpfte um ihr Gleichgewicht, bis es ihr gelang.

Nein, er nicht! Du selbst, du Narr!, dachte sie dabei, drehte nun den Spieß um und forderte ihn auf ihr zu helfen. Widerwillig nickte er und antwortete: „*Ich halte immer mein Wort!*" Kaum hatte er es ausgesprochen, da kam ein gewaltiger Sturm auf und wehte beide ins Zwergenland direkt in den Blumengarten. Die Sonne war längst untergegangen und der Mond beherrschte den Himmel. Die ersten Sterne schimmerten schon und sangen das *Gute-Nacht-Lied*, begleitet von dem Gesang einer verborgenen Nachtigall.

Das Männlein streckte seine Hände nach dem *Stechuskaktus* aus und murmelte in einer unbekannten Sprache ein paar eigenartige Worte. Und siehe da: Der *Stechuskaktus* bewegte sich ruckartig und seine Wurzeln kamen Schritt für Schritt zum Vorschein aus dem Boden.

„*Wie soll ich ihn berühren?*", fragte Darkness beunruhigt und zuckte mit den Schultern. „*Er ist viel zu groß gewachsen!*"

„Der Stechuskaktus wird dir folgen wie ein treues Hündchen!", brummte das Männlein genervt und kratzte sich am Hinterkopf.

„Kann er denn auch fliegen? Schließlich müssen wir hoch hinauf bis zum Turm. Den Eingang können wir nicht benutzen, das würde das Schließgespenst merken und uns eiskalt davonjagen oder in den Kerker werfen."

„Finde ... es selbst heraus! Meine Schuldigkeit ist getan! Ich habe noch andere Kundschaft zu bewältigen."

Schon verschwand das Männlein geschwind, während der Kuckuck elfmal rief. *Wir müssen uns beeilen*, schoss es ihr durch den Kopf und sie schwebte hinauf zum Turm. Tatsächlich folgte ihr der *Stechuskaktus* wie versprochen bis zum Fenster. Als sie das Mädchen dort nicht erblickte erschrak sie. Aber genau in diesem Augenblick hörte sie Rosarots Stimme über sich. Dies genügte, und sie stieg höher bis zur Turmspitze begleitet vom *Stechuskaktus*. Am Ziel angelangt, spähte Darkness vorsichtig durch die Luke und sah das wunderschöne Mädchen mit ihrem bodenlangen blonden Haarzopf. Sie war noch viel schöner geworden, fand die Mitternachtsfee, und ihre Wut erreichte fast den Siedepunkt. Deshalb schwebte sie in die Turmkammer hinein und der *Stechuskaktus* folgte ihr unaufhaltsam nach.

Rosarot erschrak total, als sie die Fremde erblickte und rief ihr zu: *„Wer bist du? Haben dich etwa die schneeweißen Tauben geschickt? Bis du gekommen, um mich aus dem Turm zu befreien? Aber du bist überhaupt kein Glitzerdrache."*

„So viele Fragen auf einmal, mein Kind! Ja, gewiss ich bin gekommen, um dich zu retten von diesem unerträglichen Leben. Ich habe dir diese besondere Pflanze mitgebracht. Sie wird dich frei machen, sobald du sie berührst! Nur zu mein Kind, gleich bist du frei und unabhängig für immer!"

Rosarot strahlte wie ein Honigkuchenpferd und streckte bereits ihre Hände nach dem *Stechuskaktus* aus, denn sie erkannte nicht die Gefahr, die von ihm ausging. Doch kurz bevor sie die Pflanze tatsächlich berührte, gurrten die schneeweißen Tauben ganz aufgeregt und flogen durch die Luke zu ihr hinein. Rosarot schaute zu ihnen und beobachtete, wie ihre Freunde um die Fremde kreisten und verhinderten, dass sie ihren Weg fortsetzte. Dabei streifte ihr Blick zufällig die Luke und sie glaubte ihren Augen nicht, als sie draußen den riesigen grünen *Glitzerdrachen* erblickte. Noch bevor sie etwas erwidern konnte, spuckte er grünes Feuer und zielte auf den gefährlichen *Stechuskaktus*.

Darkness war entsetzt und riss, ohne nachzudenken die Pflanze aus der Feuerlinie. Dabei berührte sie den *Stechuskaktus*, und all seine spitzen Stacheln bohrten sich überall in sie hinein. Der nackte Stiel der Pflanze rüttelte sich, fiel zusammen, verwandelte sich dann vollständig in Keimöl und ergoss sich über den Holzboden. Nur die Blüte blieb als Letztes übrig und schwamm in der Turmkammer herum. Keine Sekunde später torkelte die Mitternachtsfee und fiel wie ein gefüllter Reissack um. Dabei stieß sie einen entsetzlichen Schmerzensschrei aus und krümmte sich wie ein Regenwurm. Ihr Äußeres war inzwischen nicht mehr wiederzuerkennen, denn ihre ganze Haut sah aus wie getrocknete Pflaumen aus einer Obstschale und löste sich sogar schrittweise von ihren Knochen ab.

Durch den Schmerzensschrei alarmiert kamen ihre besorgten Eltern in den schiefen Turm gestürmt und kriegten noch mit, wie Darkness zu Staub zerfiel, während der Kuckuck zwölfmal rief. Geschockt schauten sie ihre Tochter an und verlangten eine Erklärung. Doch anstatt einer Antwort hörten sie die brummige Stimme des *Glitzerdrachens*, während er rief: *„Rosarot, komm bitte und setzt dich auf meinen Rücken!"*

Ihre Eltern waren machtlos, weil das Mädchen sofort aus der Luke kletterte, während der *Glitzerdrachen* zu ihr flog, sodass sie problemlos auf seinen Rücken steigen konnte. Dann drehte er mit ihr eine Runde am Nachthimmel.

Unterdessen klärten die schneeweißen Tauben ihre Eltern auf über den Fluch der Mitternachtsfee und ihrer Eifersucht, weil ihre eigene Tochter Nachtgewächs die Schönste sein sollte in der gesamten Zwergenwelt. So erfuhren sie auch, dass der grüne *Glitzerdrachen* eigentlich *Prinz Waldemar der Fünfte* war und von der bösen Rautenhexe verhext wurde, weil er ihr nicht dienen wollte, sondern ihr nicht gutgesonnen war. Nach seiner Verwandlung und seiner Todessehnsucht offenbarte ihn eine schimmernde Wolke seine Zukunft. So wusste er, was mit Rosarot geschehen würde. Aber er konnte ihr erst heute helfen an ihrem 15. Geburtstag. Denn er ahnte: Wenn sich beide ineinander verliebten, würde sein Drachendasein enden und der Fluch endlich gebrochen sein.

Doch zuerst genoss Rosarot noch ihre Freiheit mit dem grünen *Glitzerdrachen*, der ihr die Märchenwelt zeigte, die sie noch nie zuvor gesehen hatte. Auch kümmerten sie sich gemeinsam um Nachtgewächs, die ahnungslos war und die Pläne ihrer eigenen Mutter scharf verurteilte. Auch wollte sie keinen Prinzen ehelichen, denn sie hatte sich in den tapferen Ritter der Tafelrunde Bernardo des ehemaligen Nordkönigs unsterblich verliebt und ihn längst heimlich geheiratet, weil sie wusste, dass ihre verrückte Mutter dies nie und nimmer dulden würde.

Rosarot blieb sechs Wochen aus dem Zwergenland wie vom Erdboden verschluckt, bis sie mit *Prinz Waldemar der Fünfte* zurückkehrte, der sich nach ihrem ersten Kuss der wahren Liebe zurückverwandelte. Schlussendlich heirateten sie und lebten glücklich bis an ihr Lebensende zusammen mit drei herzensguten Söhnen und einer ganzen Schaar von schneeweißen Tauben an ihrer Seite im Zwergenschloss.

Nur Covidstilzchen ärgerte sich maßlos, dass er Rosarots Liebe nicht gewinnen konnte, und er weiter einsam durch die *Wälder der brüllenden Drachen* streifte, bis sich eines schönen Tages die Gänsemagd Sovani in die Waldgegend verirrte und seine Aufmerksamkeit weckte. Aber dies ist eine andere Geschichte aus der Märchenwelt.

Die Däumlinge

*I*n einem kleinen winzigen Dorf lebte die glückliche Gesellschaft der Däumlinge friedlich zusammen, die nicht größer waren wie ein menschlicher Daumen. Auf ihren Köpfen ruhten rote Zipfelmützchen mit einem kleinen klingenden Glöckchen am Zipfelende, und ihre Füßen schmückten gleichfarbige Stiefelchen mit hohen Absätzen. Der Rest ihrer Kleidung war knallgrün mit einer Schürze zum Binden auf dem Rücken.

Sie kannten kein böses Wort für ihre Nachbarn oder andere Lebewesen im Märchenland. Zu allen Besuchern, die den Weg zu ihnen fanden, waren sie sehr gastfreundlich. Besonders beliebt waren jedoch ihre Erntefeste im Sommer und im Herbst mit vielen Sonnenblumen. Sie feierten bis tief in die Nacht hinein mit bezaubernder Musik und klangvollen Gesang.

Mit viel Liebe pflanzten sie jeden Frühling ihre grünen Keimlinge in die warme Muttererde. Diese gediehen hervorragend durch den wasserspendenden Regen und die wärmende Sonne. Sie wuchsen in die Höhe und ähnelten den Däumlingen immer mehr im Sommer.

Voller Neid beobachteten die schrägen Brüder Wurzelsepp und Fingerhut dieses zufriedene Völkchen mit ihren Gießkannen, Sonnenschirmen und Picknickkörben voller Obst und Gemüse. Außerdem waren sie genauso fleißig wie das Bienenvolk im *Märchenwald der Sinne* nebenan. So überlegten die beiden Brüder, wie sie die größte Verwirrung anrichten konnten, um die Keimlinge ins Unglück zu stürzen. Sie planten den *Kreis der Natur* zu schaden, um nur noch allein im Märchenland zu leben und sich allen anderen Bewohnern zu entledigen. Ein Dorn im Auge waren ihnen die Däumlinge und Keimlinge sowieso seit Anfang an.

Sie verbündeten sich zuerst mit dem fiesen Unkraut aus dem Troll-Wald, während sie es mit zahlreichen Duftstoffen bestachen. Das Unkraut liebte es, überall Schaden anzurichten. So schmiegten sie gemeinsam ihren Vernichtungsplan und freuten sich, den Nachwuchs der Däumlinge zu zerstören. Aber nur, damit ihr eigener Bestand nicht nur im Trollland überlebte, sondern sich endlich ungehindert im gesamten Märchenland ausbreiten konnte, weil sie so irre waren und jede andere Pflanze und Blume als Feind ansahen. Damit hatten die hinterhältigen Brüder keine Probleme, denn sie wollten nur das Märchenvolk beseitigen. Die Pflanzenwelt interessierte sie nicht sonderlich.

Doch so einfach wie es sich anhörte schien es nicht zu werden, denn sich unbemerkt den Keimlingen zu nähern mutierte zum Problem. Die Däumlinge hielten nämlich abwechselnd Tag und Nacht Wache, um ihren Nachwuchs zu beschützen. Nur ein Notfall konnte diese Bande ablenken. Deshalb besorgten sich die Brüder klebrigen, stinkenden Schlamm aus dem Sumpfgebiet der Trolle. Diesen brachten sie dazu, sich schnell nach allen Seiten auszubreiten. Daher nahm er immer mehr Erdboden in Beschlag und umzingelte schließlich das Dorf der Däumlinge.

Dies blieb nicht lange unentdeckt und den Dörflern wurde bewusst, in welcher Gefahr sie steckten. Es musste verhindert werden, dass ihre Häuser von diesem stinkenden Schlamm befallen wurden, weil sie aus reinen Zuckerrüben bestanden. Also traf jeder Däumling Schutzmaßnahmen, bis dann die schlauen Dörfler einfach die vollen Regentonen über den Schlamm kippten, damit sich das Wasser ungehindert vereinigte und die Brühe so schnell wie möglich neutralisierte.

Leider nutzten Wurzelsepp und Fingerhut die gelungene Ablenkung aus und pflanzten unbeobachtet neben den ahnungslosen Keimlingen das bestochene Unkraut aus der Berggegend der Trolle, welches schnell Wurzeln schlug.

Da Unkraut über die Fähigkeit der Tarnung verfügte, war es zuerst nicht von den Keimlingen zu unterscheiden. Nur der

Nachwuchs selbst bemerkten den Angriff und rief panisch mit seinen zarten Stimmchen nach ihren Däumlingseltern. Doch diese überhörten das zarte Rufen, da sie weiter gegen den Restschlamm ankämpften, um ihre Zuckerrübenhäuschen nicht zu verlieren.

So übernahm das Unkraut das Zepter, befiel die Keimlinge und machte sie mit dessen Giftsaft krank. Immer mehr von ihnen verloren ihre grüne Farbe und nahmen einen Gelbton an, der eher an vertrocknetes Gras erinnerte.

Die Brüder freuten sich, dass es den Keimlingen immer schlechter ging und ihre Widerstandskraft sich dem Ende zuneigte. Sie amüsierten sich, dass es für die Däumlinge, wenn sie es erkannten, längst für eine Rettung zu spät sein würde, außer sie würden ihren Vorschlag akzeptieren. Dann würden die Brüder den Dörflern vorschlagen, dass nur die Wespen aus dem Umland mit ihrem spitzen Stachel und ihrem köstlichen Wespensaft die Keimlinge noch retten könnten.

Doch die hinterhältigen Brüder wussten genau, dass dies nicht funktionieren würde und es den Keimlinge endgültig den Rest gab und sie sich nie mehr erholen konnten von den Wespengift. Wurzelsepp und Fingerhut mischten selbst den erfundenen Wespensaft mit Kieselerde, Fingerhutschnaps und Mäusemilch an. Dazu spritzten sie noch Rattengift hinein.

Da die Wespen ein kriegerisches Volk waren und meinten, dass die Däumlinge ihnen verboten hatten, sich den Keimlingen zu nähern, verbündeten sie sich aus Rache mit den beiden Brüdern, die für sie wie bestellt auftauchten. Wenn sie die Keimlinge nicht freiwillig besuchen durften, um ihr Nektar auf ihnen zu verteilen, dann war dies die angemessene Strafe. Also tunkten die Wespen ihre spitzen Stacheln in das vorbereitete Gift und nahmen es gierig auf.

Inzwischen bemerkten die Däumlinge, was ihren Keimlingen zugestoßen war und versuchten das Unkraut zu entfernen. Aber es hatte sich längst mit ihrem Nachwuchs vereint und konnte nicht mehr ohne Selbstzerstörung getrennt werden. Jetzt war guter Rat teuer. So wandte sie sich an die Pilzarmee, die ebenfalls nicht aufgepasst hatte.

Doch sie zogen sich den Schuh nicht an und argumentierten, dass es nicht ihre Aufgabe wäre, die Keimlinge jede Sekunde zu überwachen. Dann würden sie alle anderen Aufgaben vernachlässigen und nie mehr Ruhe finden.

Dies alles entging den beiden Brüder nicht und sie mischten sich unter das traumatisierte Volk. Dabei taten sie so, als ob es Neuigkeiten für sie wären. Schließlich meldeten sie sich zu Wort und unterbreiteten ihren Vorschlag mit den Wespen. Da die Däumlinge so verzweifelt waren, klammerten sie sich an jeden Strohhalm. Sie wollten ihre Keimlinge nicht verlieren, die für ihr Weiterleben unentbehrlich waren. Somit stimmten sie zähneknirschend zu und gestatteten den Brüdern die Wespen herbeizurufen.

Nach einer Stunde kamen zahlreiche Wespen summend angeflogen und setzten sich auf den Blumen nieder, ohne ihr Gift abzugeben. Sie taten erst so, als ob die Däumlinge sie bestechen mussten, damit sie zustimmten, weil ihre Hilfe bis jetzt nicht erwünscht war. Die Däumlinge versprachen sie zum nächsten Erntefest willkommen zu heißen und sie mit leckeren Früchten zu belohnen.

Dabei lachten sich die Brüder und die Wespen heimlich ins Fäustchen, wie kleingläubig dieses dumme Volk doch durch die Panik war. Diese Schurken waren Weltmeister im Pokerface. So brachen sie danach gemeinsam auf und kehrten auf die Felder zurück, wo die Keimlinge jetzt ganz schief und vergilbt wuchsen.

Aber was keiner der Ankömmlinge ahnte, war dass die Bienenkönigin Florenza vom kleinsten Däumling Murmel Besuch bekam und er aus eigenem Antrieb zu ihr gerannt war in den *Märchenwald der Sinne*. Dort wo ihr schönes Königreich am Birkenbaum hing. Er berichtete ihr von den kranken Keimlingen und deren ungesunde gelbe Farbe, die vom Unkraut befallen waren.

Florenza hörte sich alles geduldig an, was er mitteilte und beriet sich mit ihrem treuen Bienenvolk. Zum Glück wussten sie noch von alten Erzählungen, wie sie das Unkraut vertreiben konnten. Deshalb schwebten sie zum Dorf der Däumlinge. Die Bienen summten laut, stimmten ihr uraltes Lied ein und besprenkelten die Keimlinge mit feinsten Honig, und mit violetten Erikakraut sowie mit Zitronenwasser. Die Mischung brachte es. Das Unkraut rümpfte die Nase, zog sich zurück und gab endlich die Keimlinge frei. Sofort atmeten sie auf, und sehr langsam verflüchtigte sich der Gelbton, bevor es grün zu schimmern begann.

Plötzlich hörten die Bienen lautes Wespensummen und waren gewarnt. Sie versteckten sich in den Zuckerrübenhäuschen und warteten, bis die Wespen mit ihrem Gefolge das Ziel erreichten. Da die Brut gut fliegen konnte, waren sie schneller als die Däumlinge oder die beiden Brüder.

Mit ihrem Schwarm steuerten sie ohne Warnung im Sturzflug die Keimlinge an, um sie offensichtlich mit ihren Stacheln anzugreifen, um alle niederzustechen. Doch, bevor die Wespen dazu die Gelegenheit bekamen, hatten sich die Keimlinge so weit erholt, dass sie auswichen. Leider erwischte eine Wespe trotzdem noch zwei schwache Keimlinge, die sie mit ihrem Stachel pikste, bevor die Bienen auf der Bildfläche erschienen.

Diese beiden Keimlinge neigten sich sofort bis auf den Boden und verdorrten. Alle anderen retteten die Bienen und verscheuchten die kampflustigen Wespen und überschütteten ihre Gegner mit purem Zitronenwasser. Dieses spezielle Wasser hassten die Wespen wie die Pest, denn es brannte wie Feuer auf ihren Insektenkörpern.

Dies bekamen alle restlichen Däumlinge mit und begriffen, was sich zugetragen hatte. Ihnen war klar, dass die Wespen dazu benutzt wurden ihren Nachwuchs eiskalt zu vergiften. Sofort nahmen sie die hinterhältigen Brüder, die sich als Anführer der Wespen entpuppten, gefangen und sperrten sie in einen uralten Baumstumpf ein bis zu Gerichtsverhandlung.

Den beiden Angeklagten blieb nichts anderes übrig als zu gestehen, dass sie gemeinsam mit ihren Verbündeten planten alle

Keimlinge zu ermorden. Somit verurteilte das uralte Märchengericht unter der Leitung der Feenherrscherin Miriam Wurzelsepp
und Fingerhut lebenslänglich über alle Blumen, Felder und Wiesen zu wachen und besonders die Keimlinge zu beschützen. Somit arbeiteten sie ihre schwere Schuld ab und unterwarfen sich
der Gerechtigkeit, ansonsten drohte ihnen lebenslange Haft in der
Steinwüste. Den beiden Schurken blieb nichts anders übrig als
sich dem gerechten Urteil zu beugen. Darum wurden sie nie mehr
straffällig.

Die Wespen jedoch, die das Gift für immer in ihrem Stachel
trugen, wurden aus dem Märchenland verbannt und ins Trollland
vertrieben, wo sie seitdem ihr Leben in Scharm und Schande fris-
teten.

Das Angebot

*E*s lebten einmal vier Räuber mit ihren langen dunkelbraunen Bärten, die zur Gattung der Schrottwichtel gehörten, weil sie mit gestohlenen kostbaren Schrott dealten und sich somit von der ehrlichen und gutherzigen Wichtelkaste unterschieden. Sie wurden vor vielen Jahren vom *Hohen Rat der Märchenwesen* verurteilt und ausgestoßen, weil sie lieber alle Märchenbewohner bevorzugt ausraubten, anstatt ihnen Geschenke zum Wichteln zu bringen. Darum wanderten sie in ihre neue Heimat aus. Endlich im *Märchenwald der Sinne* angekommen bauten sie sich heimlich eine Räuberhöhle.

Die vier Schrottwichtel hatten sich in ihrer mit ergaunerten Wolldecken ausgelegte Räuberhöhle gegen das undankbare und geizige Märchenvolk verschworen. Es genügte ihnen nicht sie oft in ihren Häusern zu bestehlen. Außerdem waren sie es auch leid, dass nur ungern ihre Waren getauscht wurden, welches sie heimlich unter die Märchenbewohner mogelten. Sie tarnten sich als grüne Kobolde, um Handel zu betreiben und unbemerkt ihre Kundschaft auszurauben. Aber ihre List flog auf und sie wurden wie räudige Hunde zuerst aus der Koboldwelt und dann bei den Feen und Elfen davongejagt.

Dafür sühnten sie nach Rache, um die Märchengestalten für diesen Frevel zu bestrafen. Viele Tage und Nächte überlegten sie, wie es ihnen gelang es ihnen heimzuzahlen. Da kam ihr Anführer Barnabas auf die glorreiche Idee, diesem märchenhaften Völkchen ein Angebot zu unterbreiten welches sie niemals ablehnen konnten. Ihm war bewusst, dass die Elfenbrüder sowie die Kobolde gerne Rotwein tranken. Auch die Riesen waren nicht abgeneigt und betranken sich gerne nach ihren Wettkämpfen.

Doch bis jetzt kauften die Märchengestalten nur Rotwein bei den Feen ein, die sich immer viel Mühe gaben, die kostbaren Trauben oder Früchte mit viel Liebe und Zuneigung zu pflanzen und zu ernten.

So entschieden die Räuber, den Rotwein der Feen wegzuschütten, um einen Mangel zu erzeugen. Deshalb füllten sie im Inneren der Räuberhöhle zehn Krüge mit selbstgebrannten Rotwein. Dieser roch mehr wie eine Beerenmischung aus dem duftenden Feengarten. Dazu streuten sie wilde bittere Kräuter und süchtig machenden Mohnextrakt hinein, welchen sie von der bildhübschen Rolanda mit ihren schulterlangen, lilafarbigen Haaren erhielten. Ihre Mutter war eine wunderschöne lila Elfe und ihr Vater ein hässlicher Schrottwichtel mit abstehenden Ohren und Pickelgesicht. Er hatte die junge Elfe Vergissmeinnicht aus einem blauen Blumenhaus geraubt und in die Räuberhöhle entführt. Nach einem Jahr gebar sie eine Tochter nach ihrer Befreiung aus den Krallen der Räuberbande. Das Mädchen wurde gehänselt und verspottet, weil es nicht fliegen konnte, da es über keine Flügel verfügte. So fühlte sie sich nie heimisch bei den Elfen. Als sie 17 Jahre war, verließ sie das Elfenland und suchte nach ihrem Vater Barnabas.

Natürlich freute er sich einen Ast ab, dass er endlich seine Tochter an seine väterliche Brust drücken und sie für seine Zwecke aufhetzen und missbrauchen konnte. Rolanda tat einfach alles, was er verlangte. So war sie extra mit ihrem treuen Esel Gudi in den Troll-Wald gereist, um die Kräuter und Mohnblumen, die nur dort wuchsen, zu ernten. Auch hamsterte sie noch Pusteblumen, die sie ebenso benötigte, um den kaltgepressten Mohnextrakt zu gewinnen. Normalerweise gehörte dies alles nicht in einen zuckersüßen Rotwein hinein, denn es schadete und erzeugte Unwohlsein bis zum bitteren Ende. Also luden sie die Weinkrüge auf ihre Karre mit den großen Rädern und brachen ohne die enttäuschte Rolanda auf. Sie blieb zurück, um die Räuberhöhle zu bewachen und auf die Rückkehr der vier Räuber zu warten.

Als sie endlich die Grenze zum Feenreich erreichten, versteckten sie die Karre mit dem Rotwein hinter einem hohen Weidenbusch, um ihn später anzubieten. Dann fielen sie heimlich ins Feenreich ein. Sie drangen in die Kühlkammer ein und kippten den Weinvorrat komplett in den Teich nebenan der sich sogleich rot färbte. Das hatten sie natürlich nicht bedacht und mussten sich schnell etwas einfallen lassen, bevor ihre Niedertracht aufflog und die Feen stutzig wurden.

Da Barnabas nicht auf den Kopf gefallen war, zündete er den Feenteich mit einer verzauberten Fackel der Rautenhexe aus Lumpen an, der sofort in Flammen aufging. Eine riesige Feuersäule schoss augenblicklich in den blauen Himmel, sodass die Feen alle panisch angeflogen kamen und sich das Schauspiel ansahen. Sie waren machtlos die Flammen zu löschen, denn nur Regen hätte es ändern können. Doch im Sommer regnete es selten und nur, wenn die Feen den Regentanz vollzogen.

Diese Ablenkung benutzten die Räuber, betraten erneut die Kühlkammer und schütteten Sand aus einem Sack, den zwei Räuber trugen in die nun leeren Gefäße. Im Anschluss versteckten sie sich außerhalb, um zu beobachten, wie die Märchenwesen reagierten, wenn sie es herausfanden.

Doch in der Zwischenzeit beschlossen die schlauen Feen, sich Unterstützung herbeizuholen. Drei rosafarbige Feen mit langen pinken Rosenkränzen auf ihren Häuptern flogen zu den Riesen und baten um Hilfe. So einfach war es nicht diese miesgelaunten Burschen zu überzeugen. Erst als die Feenmädchen ihnen versprachen, dass sie eine Belohnung erhalten würden, stimmten zehn der riesigen Kerle zu. Die anderen weigerten sich beharrlich sich ihnen anzuschließen.

Gemeinsam kehrten sie bald zurück, da die Zehn schnelle Läufer waren und die Feen auf ihren Schultern balancierten. Im Feenreich wurden sie sehnsüchtig erwartet, denn der Teich brannte weiterhin lichterloh. Mit vollem Ehrgeiz pusteten die Riesen auf einmal los, weil die Feenherrscherin Papaya mit ihren regenbogenfarbigen bis zum Boden reichenden Haaren, ihnen zum Dank köstlichen Rotwein versprach. Dies ließen sich die Burschen kein zweites Mal sagen und löschten durch ständiges Pusten endlich das Feuer aus.

Als es nur noch qualmte merkte keiner, dass der Rotwein in den Teich hineingemischt worden war. Es roch nur nach Rauch. Auch konnten sich die Feen nicht erklären, warum der Teich brannte, denn es gab weder Blitz noch Donner, sondern nur schönes heißes Sommerwetter. Lange konnten sie nicht darüber nachdenken, denn die Riesen forderten lauthals ihre Belohnung. Diese Geschöpfe hatten nie große Geduld und pöbelten schon mit Schimpfwörtern herum.

Papaya sprach ein Machtwort und beruhigte die Burschen, indem sie sie zu den Weinvorräten führte. Mit Erschrecken musste sie allerdings feststellen, dass es weder Früchte- noch Rotwein gab. Er wurde einfach durch groben Sand ausgewechselt. Dies sprach sich wie ein Lauffeuer herum und die Aufregung ergriff jetzt jede Fee. Keiner der Anwesenden konnte erklären, wer für diese hinterhältige Tat verantwortlich war. So etwas hatte sich noch nie zugetragen. Jeder Märchenbewohner wusste, dass Rotwein sich nicht in Sand verwandelnd, sondern ausgetauscht wurde. Nur dies machte wirklich Sinn. Doch wer war so dreist?

Die Riesen reagierten inzwischen immer ärgerlicher und verlangten weiterhin ihre zustehende Bezahlung. Aber wie sollte das funktionieren? Es gab weder Früchtewein noch einen Schluck Rotwein. Deshalb schlug Papaya vor, den Riesen etwas anderes für ihre Hilfe zu schenken. Aber die sturen Burschen fanden dies nicht gelungen und fingen an, den Kühlraum kurz und klein zu schlagen.

Nur Papayas Eingreifen verhinderte die totale Zerstörung. Sie versprach neuen Rotwein zu besorgen. Dies beruhigte die aufgebrachten Kerle, und sie stimmten schließlich ungehalten zu. Es gelang ihr auch sie davon zu überzeugen, dass sie erst einmal in ihre Heimat zurückkehren sollten. Unter Murren stimmten sie ebenfalls zu und verließen missmutig das Feenreich, ohne sich noch einmal umzudrehen.

Papaya beriet sich anschließend mit ihren Schwestern, während sie über die Felder ging und die Reben begutachtete. Doch viele gab es nicht mehr zu gewinnen, weil erst neue wachsen mussten. Die vorhandenen Trauben würden höchstens für ein Gefäß reichen, wenn überhaupt. Traurig nahmen die Feen dies zu Kenntnis, fingen an die Trauben zu ernten und sammelten sie in einen einzigen Korb aus Bast.

Doch in diesem Moment erschienen plötzlich die vier Räuber, wieder als bunt verkleidete grünhäutige Kobolde getarnt. Sie hatten die Zeit gut genutzt und ihre Gesichter mit grünen Blätterextrakt bemalt, während sie sich köstlich über das Unglück ihrer Feinde amüsierten. Sofort setzten sich die Vier mit Klatschen in Szene und umkreisten alle Feenmädchen. Dabei bedauerten sie die armen Wesen und boten ihre Hilfe an.

Papaya zog ihre Augenbrauen hoch und fragte: *„Wie?"* Da unterbreitete Barnabas der Feenherrscherin seinen Vorschlag und meinte schleimend: *„Ich habe für Euch ein Angebot! Wir haben noch neuen Rotwein im Keller unserer Koboldburg gebunkert. Diesen könnte ich Euch sofort beschaffen, wenn Ihr einverstanden seid. Dies ist nämlich der einzige Ort im ganzen Märchenland, der noch über Rotwein verfügt. Dort könnt Ihr schnell und günstig Ersatz herbekommen, wenn Ihr es wünscht."* Dabei grünste er wie ein Honigkuchenpferd.

Das überzeugte sie nicht und sie fragte weiter: *„Was verlangt Ihr dafür? Denn nichts in der Märchenwelt ist umsonst!"* Zuerst druckste Barnabas herum, bevor er ihr offenbarte: *„Du musst unbedingt mein tolles Angebot annehmen, sonst werden die Riesen das Feenreich dem Erdboden gleich machen. Lange kannst du diese Kerle mit deinen leeren Versprechungen nicht mehr im Zaum halten."*

Doch die Feenherrscherin gab nicht nach und verlangte eine konkrete Antwort auf ihre Frage. Barnabas schien genervt als er rief: *„Sei doch nicht so misstrauisch! Nur, weil mein Angebot umsonst ist, kannst du es deshalb nicht länger ausschlagen. Denn schließlich steht du unter gewaltigem Druck, da diese Riesen keinen Spaß verstehen und sich immer das holen, was ihnen zustünde. Du bist nicht ganz bei Trost, dies nicht zu berücksichtigen! Schließlich bin ich der Einzige, der noch über genügend Rotwein verfügt!"*

Sein Ton missfiel ihr gewaltig und sie schüttelte den Kopf, um so diesem unfreundlichen Kobold eine Abfuhr zu erteilen. Da maulte er*: „Ich warne dich! Wenn du mein gutgemeintes Angebot nicht annimmst, ist es der sichere Tod alle Feen, weil die Riesen sich rächen werden, wenn du ihnen den versprochenen Rotwein nicht aushändigst. Entweder nimmst du mein Angebot an, oder du wirst es fürchterlich bereuen!"* Zusätzlich drohte er ihr mit seiner Faust, um seine Erpressung zu vollenden.

„Dies halte ich für ein böses Gerücht, denn die Riesen haben mir ihr Wort gegeben so lange zu warten, bis ich den Rotwein liefern kann. Schließlich sind es ehrliche Kerle mit einem guten Herzen."

Diese Antwort missfiel Barnabas sehr und Zorn suchte ihn heim. Fluchend zog er sein Messer aus dem Gürtel und sprang auf Papaya zu. Dabei rief er wütend: *„Entweder nimmst du endlich mein Angebot an oder du musst mit Krieg der Kobolde gegen Euch alle rechnen."*

Alle anwesenden Feen waren so geschockt, dass sie keine Gegenwehr wagten. Die Feenherrscherin jedoch lächelte ihn mitleidig an und schüttelte wieder ihren Kopf, während sie ruhig antwortete: *„Es reicht! Ich lasse mich nicht erpressen! Falsch gedacht ... ich trete eher mit den Riesen gegen Euch Kobolde an, wenn Ihr glaubt, mit dieser Drohung ans Ziel zu gelangen. Mit Eurer Erpressung erreicht Ihr nur das Gegenteil!"*

Außerdem misstraute sie immer mehr ihrem Gegenüber, der sie plötzlich packte, und ihr inzwischen das Messer sogar an die Kehle hielt. Sie war sich sicher, dass er nie und nimmer ein Kobold sei, denn so reagierten Kobolde nicht. Ja, gewiss, diese Gattung hatten sehr viel Temperament, aber waren immer freundlich und verschenkten Goldstücke, welche sie am Ende des Regenbogens fanden und gerne mit allen anderen Mitbewohnern teilten.

Papayas Verhalten wurmte Barnabas sehr und er brüllte sie an: *„Wenn du nicht mein Angebot annimmst, töte ich dich und deine Feenschwestern gleich mit!"*

„Du kannst mich noch so viel erpressen und mir drohen, wie du willst, aber ich nehme dein Angebot nicht an! Deinen Rotwein kannst du selbst saufen. Ich nehme nur freiwillige Angebote an, die ohne irgendwelche Vorschriften oder Erpressungen sind. Ich bin überzeugt, dass du etwas im Schilde führst, so wie du dich gebärst. Du willst mich zwingen deinen Rotwein anzunehmen. Damit beweist du, dass du mich betrügen willst oder sogar planst, den Riesen zu schaden oder Schlimmeres. Ich habe längst dein mieses Spiel durchschaut, angeblicher Kobold!"

Auch die anderen Feen schienen diese Meinung zu vertreten und nickten wie abgesprochen. Barnabas konnte sich nicht mehr zurückhalten und stach auf Papaya ein. Doch die Klinge konnte sie nicht verletzten und prallte an ihrem Hals klirrend ab. Dabei wirbelte sie in der Luft herum, erwischte zufällig Barnabas, streifte sein Gesicht und kratzte so die grüne Farbe von seiner linken Wange ab.

Als die Feen dies erblickten ahnten sie alle, wer es wagte so feindselig dem Feenvolk gegenüberzutreten. Somit enttarnte sich der Räuberanführer am Ende selbst.

Papaya ließ sich davon nicht ängstigen als sie wusste, wen sie vor sich hatte und murmelte: *„Barnabas, du bist und bleibst ein Verräter, Täuscher und Räuber!"* Sofort zückte sie ihren glitzernden violetten Zauberstab aus ihrem Ärmel, schwang ihn, ohne mit der Wimper zu zucken hin und her und rief voller Zuversicht aus: *„Dein Angebot kannst du dir in die Haare schmieren! Bestimmt wart Ihr es, der uns den Rotwein entwendet habt. Allein diese Tatsache wird die Riesen überzeugen und Ihr werdet für* *den Diebstahl am eigenen Leib bezahlen. Sie werden Euch Räuber zermalmen wie Ungeziefer."*

Barnabas knurrte wie ein wütender Wolf und hob seine Hände, um sie offensichtlich zu erwürgen. Doch Papaya murmelte: *"Ich wünsche Euch sofort ins Riesenland! Dort könnt Ihr Euer Angebot denen unterbreiten, die gerne Rotwein trinken. Doch nicht als falsche Kobolde, sondern als Räuber und ehemalige Schrottwichtel, die Ihr seid! Wenn sie Euch sehen werden, dann wissen sie sofort Bescheid!"*

Ohne Vorwarnung wirbelte sie wieder mit ihrem Zauberstarb herum und die vier getarnten Räuber wurden von einem violetten Lichtstrahl erfasst, welcher sie sofort durchdrang. Daraufhin lösten sie sich blitzschnell vor den Augen aller Feen auf und waren sofort wie vom Erdboden verschluckt.

Später am Abend kehrten die Riesen in gutgelaunter Stimmung ins Feenreich ein. Sie berichteten, dass sie die vier Räuber ins *Land der brüllenden Drachen* getrieben hatten, nachdem diese Verbrecher sangen wie Vögel und die Vernichtung des kostbaren Weines im Feenreich zugaben. Die riesigen Kerle freuten sich, als sie schließlich mitbekamen, wie die grünen mächtigen Drachen Feuer nach den Räubern spuckten und ihre Kleidung zuerst damit versengten. Zu guter Letzt machten sie weiter nach ihnen Jagd, bis sie sie für immer mit Haut und Haaren verschlangen.

Papaya dankte den Riesen herzlich und schenkte ihnen ein riesiges Gefäß aus lieblich duftenden Rotwein. Schmunzelnd benutzte sie erneut ihren Zauberstab und berührte das Gefäß an allen vier Seiten. Dazu flüsterte sie zuckersüß: *"Ich wünsche, dass dieses Gefäß niemals leer wird, so oft Ihr Riesen davon trinkt!"*
Und siehe da: Die Riesen hatten von diesem Tage an immer genug köstlichen Rotwein, den sie sehr schätzten und der Feenherrscherin unendlich dankbar waren. Rolanda dagegen warten noch bis heute auf die Rückkehr ihres Vaters, kehrte schließlich ins Elfenland zurück, heiratete Lord Gründel und gebar ihren Sohn Aron mit Elfenflügen.

Die zwei Geschwister

Es waren einmal zwei zehnjährige Geschwister in einem fernen Märchenland hinter den Alpen. Das Mädchen hieß Korona und der Junge hieß Panik. Sie liebten sich sehr und unternahmen alles gemeinsam, ob Schule oder Freizeit.

Doch eines Tages im Januar kam plötzlich ein Schnupfen, der ihre Nasen laufen ließ wie ein rauschender Wasserfall. Auch Husten und Fieber schüttelte die beiden brutal durch.

Koronas lachen schmolz dahin wie der Schnee, wenn der Frühling plötzlich über das Land hereinbrach. Panik lag im Bett und zitterte wie Espenlaub vor Kälte. Schweißtropfen rannen ihm über die Schläfen. Längst wanderte die Stimmung der beiden Zwillinge in den Keller. Unglücklicherweise ging es ihnen immer schlechter und ihr Zustand verschlimmerte sich zusehends Stunde um Stunde. So waren die beiden erst recht in ihrem Zimmer gefangen und konnten auch nicht in die Schule gehen.

Ihre Mutter machte sich riesige Sorgen um ihre Zwillinge, weil das Fieber weiter stieg und an der 40 Gard Grenze bereits kratzte. Die benötigte Medizin konnten sie sich nicht leisten, da sie arm waren wie die Kirchenmäuse und das Geld an jeder Ecke fehlte. Daher konnten sie sich ebenfalls keinen Heiler leisten.

Was soll jetzt geschehen?, fragte sich die beunruhigte Mutter immer häufiger. Der Vater hatte auch keine Lösung parat. *Da hilft nur noch ein Wunder,* kam es ihr in den Sinn und sie fing an zu beten.

Als Korona merkte, wie in den sanften Augen ihrer Mutter Tränen glänzten, während sie ihnen heißen Tee mit Honig servierte, da begann sie zu grübeln. Verunsichert überlegte sie, nachdem ihre Mutter das Zimmer verlassen hatte und dachte: *Wie werden wir wieder schnell gesund?* Dabei wurde ihr Herz immer schwerer und sie seufzte tief. Besorgt teilte sie es Panik mit, aber er war ihr keine große Hilfe, denn er verfiel in nie gekannte Angst und befürchtete, dass sie nicht mehr lange zu leben hätten.

Korona dagegen war ganz anderer Meinung und meinte: *„Jeden Winter bekommen wir doch mehrerer Erkältungen und es geht uns einige Tage nicht so besonders."*

Doch Panik widersprach vehement und antwortete völlig ängstlich: *„Nein, nein! Der Sensenmann klopft bereits laut an unsere Kinderzimmertür. Er will uns in sein Reich holen!"*

„Das ist nur dein Fieberwahn, der dir dies vorgaukelt", meinte Korona, blickte ihn herausfordernd an und fing an zu lachen. Dabei kriegte sie kam noch Luft, und ein Hustenanfall überfiel sie wie ein Regenschauer. Dies hielt sie jedoch nicht auf und sie lachte weiter. Panik brummte verärgert, schaute zu ihr herüber, runzelte missbilligend die Stirn und kam sich jetzt missverstanden und gleichzeitig veräppelt vor. Das beeindruckte das Mädchen nicht, denn sie lachte immer noch weiter und hielt sich den Bauch. Doch siehe da, es geschah etwas Eigenartiges und Panik stimmte plötzlich in ihr Lachen mit ein.

Am Ende lachten beide so laut, dass ihre Mutter erschrocken ins Zimmer gerannt kam und erstaunt die beiden beobachtete. Unterdessen fiel es ihr auf, dass es ihren Kindern immer besser ging. Deshalb bemerkte sie, dass sogar das Fieber spurlos verschwunden war, als sie die Stirn der beiden hintereinander berührte. Sie fragte überrascht: *„Wie ist das nur möglich? Ist etwa ein Wunder geschehen, oder war hier etwa Magie im Bunde?"*

Da antworteten Korona und Panik wie aus einem Mund: *„Wir haben unsere Angst besiegt, und sofort ging es uns besser und immer besser."*

Tatsächlich hatten die Geschwister recht, denn sie waren auch ohne Medizin gesund geworden. Inzwischen ging es ihnen so gut, dass sie ihr Krankenlager verlassen und wieder draußen im Schnee spielen konnten, als ob nichts gewesen wäre.

Schließlich holten sie ihren Schlitten aus dem Keller und stampften durch den hohen Schnee in den *Wald der Zwerge* zum blauen Hügel hinauf. Oben angekommen, rodelten sie was das Zeug hergab und ihr vergnügtes Lachen schallte überall durch den Wald.

Ach, freuten sie sich, dass sie ihre schlimme Wintergrippe so schnell besiegten, durch ihre gute Laune und das Wegsperren der Angst.

Dies wäre auch nie so weit gekommen, dass Panik auf einmal so eine Furcht vor dem Sensenmann hegte. Leider wurde in der Flimmerkiste tagein und tagaus verbreitet, wie gefährlich doch diesmal diese neue Krankheit aus Fernost sei und zahlreiche Leute sterben müssten, wenn sie sich ansteckten. Durch die ständige geschürte Angst schaltete sich das logische Denken aus, als ob sich die Batterien von selbst entleert hätten, sonst wüsste der Bub längst, dass es jeden Winter so war, dass viele einen Schnupfen, Husten und Fieber bekamen. Bedauerlicherweise aber auch einige die sehr alt, gebrechlich und vorerkrankt waren, es nicht schafften, die Erkrankung zu überstehen.

Eigentlich weiß doch jeder, dass es völlig normal ist, sich bei diesen ungemütlichen Temperaturen eine Erkältung oder auch Grippe einzufangen, und dass das Immunsystem sofort den Kampf aufnimmt und schließlich bei den meisten als Sieger hervorgeht, mit und ohne Medizin.

Der Märchenwald der Sinne

Mitten in der Märchenwelt existierte der riesige *dichte Märchenwald der Sinne* in seiner Vielfalt und Farbenpracht, beseelt durch zahlreiche Waldgeister, die über ihm wachten. In jeder Pflanze und in jedem Baum wohnten sie inne und erfreuten sich an der Sonne, dem Mond und den Sternen am Himmel. Dazu roch es himmlisch nach feinsten Blumen und Kräutern. Dort klang es überall zärtlich wie tausende Glöckchen, gepaart mit Hafenmelodien, als ob sich vor einem eine Traumwelt offenbarte und gleichzeitig alle Sinne berührte.

Auch eine Menge außergewöhnlicher Fabeltiere nannten den *Märchenwald der Sinne* ihre Heimat. Sie zählten jedoch überwiegend zu der Einhorn-, Pegasus- und Zentaurs-Gattung, obwohl ebenfalls kleine Flugdrachen dort Zuflucht fanden. Außerdem saßen farbenfrohe Paradiesvögel, schneeweiße Eulen und Tauben in den Ästen und Kronen der gewaltigen Bäume. Sie zwitscherten die klangvolle Waldhymne, die zu Glückseligkeit führte, während die Eulen und Tauben den Gesang mit lautem Gurren unterstützten. Selbst Wölfe durchstreiften ihn friedlich und jagten nicht nach anderen Geschöpfen.

Viele Jahrhunderte lebten sie alle glücklich zusammen im Einklang mit den Naturgesetzen in Frieden nebeneinander. Sie ehrten den Regen, den Schnee und den Wind als Hüter der Zeiten. Den Erdboden verehrten sie jedoch als den wahren Mutterschoß.

Viele wunderbare Feen, Elfen, Riesen und Waldgeister von Nah und Fern tanzten immer einen freudigen Reigen während der Sommer- und Wintersonnenwende um den ältesten Nussbaum, der hoch in den Himmel ragte und über mächtige dicke Wurzeln verfügte. Umringt war er von den schönsten und buntesten Wald- und Feldblumen, die je ein Auge gesehen hatte. Die Weisheit des

Nussbaumes kannte keine Grenzen und er berichtete von Geschichten und Legenden, die über die Märchenwelt hinaus verbreitet wurden.

Zum Schutz aller Waldbewohner gab es die Pilzarmee, die wacker die Gefilde durchstreiften und ihre Runde jeden Morgen und Abend drehten, um zu kontrollieren, dass sich jeder Bewohner wohl fühlte und genug Nahrung und Wasser sein Eigen nannte.

Dort zogen niemals Sorgen auf, und alle fühlte sich verstanden und geliebt. Respekt regierte überall und keiner kannte ein böses Wort oder Missgunst sowie Neid.

Es herrschte so lange Frieden und Freundschaft bis eines fernen Tages ein heftiger Gewittersturm die Ruhe im *Märchenwald der Sinne* störte und ihre Bewohner ängstigte, die dann Zuflucht in ihren Bäumen und Blumenunterkünften suchten. Die Einhörner liefen panisch umher, verfolgt von den Wölfen, als plötzlich der Blitz in den ältesten Nussbaum einschlug und ihn in vier Teile spaltete. Dies war kein gutes Omen, wie es sich schnell herauskristallisierte. Der uralte Baumgeist, der in ihm wohnte, entschwand direkt in den Himmel durch die dunkelgraue Wolkendecke und kehrte nicht zurück.

Die Trauer war tief, und das Vermissen stand jedem Waldbewohner im Gesicht geschrieben. Jeder litt unter dem schweren Verlust. Die Bäume verloren ihr Lachen und ließen ihre Äste hängen, als ob sie vertrocknet wären. Gleichzeitig ließen sie ihren Tränen freien Lauf und sie tropften ungehindert auf den Waldboden. Als sich etwas die Wogen glätteten, überlegte der eine oder andere, wieso dies geschehen musste? Noch nie zuvor wurde ein Baum durch einen Blitzeinschlag für immer geschädigt und zerstört.

Doch wer trug die Verantwortung?, fragte sich besonders Holla die Waldfee, deren Blätterkrone ihr langes grünes welliges Haar schmückte. Ihr buntes Blümchenkleid duftete wie eine Frühlingswiese nach einem Regenschauer. Dazu schimmerte und glänzte ihr zartes grünes Gesicht wie Morgentau, während sie den Himbeergeist, der in seiner rosaroten Gestalt über ihr schwebte, prüfend musterte. Er hatte zufällig vom uralten, dunkelgrünen Elfenkönig Waldmeister erfahren, dass sich die Riesen, immer wie Bauern gekleidet, verkrachten, nur noch stritten und sich gegenseitig beschuldigten.

„Waren sie für den Gewittersturm verantwortlich, der unseren armen Nussbaum spaltete?", konnte Holla die Waldfee nicht widerstehen den Himbeergeist mit seinem blutroten Kussmund zu fragen. Er wusste nur zu antworten: *„Die Riesen trugen einen Wettstreit im Felsenwerfen aus. Und jeder wollte den Pokalkrug, gefüllt mit Goldstücken gewinnen."*

„Was ist das Problem? Dies findet doch nicht zum ersten Mal im Sommer statt!"

„Ja, schon! Nur diesmal stellte sich heraus, dass die Goldstücke nicht echt waren. Deshalb gingen sie sich gegenseitig an den Kragen und warfen mit Gestein nur so um sich. Dabei blieb noch nicht einmal der Himmel verschont, und graue Wolken bildeten sich. Dadurch zog das Gewitter auf und erzeugte die unkontrollierten Blitze, die es je gab."

„Wie, sie waren nicht echt?"

„Ja, nur goldfarbig angepinselt. Darum beschuldigten sie sich gegenseitig die Goldstücke vertauscht zu haben, um sich selbst zu bereichern und den anderen Wettbewerbsbeteiligten zu betrügen", ließ der Himbeergeist verlauten und steuerte einen grüngelben Busch an, der kreuz und quer um eine Tanne wuchs, die schon bessere Tage gesehen hatte. Dort setzte er sich nieder und es raschelte im Geäst. Dabei entstand ein fruchtiger Duft nach Aprikosen und Zwetschgen, obwohl es kein Obstbusch war, sondern ein Nelkenbusch.

„Hat der Elfenkönig Waldmeister keine Idee, wer dahintersteckt? Sonst befragt er doch immer das Orakel Sternenpracht im Feenreich."

„Das Orakel macht Urlaub in der Menschenwelt, um nach Kindern zu schauen, die gerne Märchen erzählt bekommen wollen."

„Ach so! Haben sich inzwischen die Riesen beruhigt?"

„Nein, sie schlagen sich immer noch die Köpfe ein, denn keiner will es gewesen sein! Dabei verdächtigen sie sich gegenseitig weiter ohne Unterlass."

„So kann es doch nicht weitergehen, sonst passiert noch mehr. Lass uns aufbrechen zu den Riesen, damit wir die Burschen wieder zur Vernunft bringen, diese Knalltüten!"

„Kann das nicht die Pilsarmee übernehmen?", fragte der Himbeergeist stöhnend, und Holla die Waldfee sah ihm an, dass sich seine Begeisterung in Grenzen hielt.

„Nein, das geht nicht gut! Die Riesen stehen auf Pilze, pflücken diese glatt und kochen sich eine Suppe daraus."

„Das habe ich im Moment nicht bedacht!", gestand der Himbeergeist und druckste herum: *„Dann ... müssen wir ... zu den Riesen, bevor sie ... erneuten Schaden ... im Märchenwald der Sinne ... durch ihre Dummheit ... anrichten."*

Nicht gerade glücklich seufzte Holla die Waldfee und schüttelte leicht den Kopf. *„Mir bleibt auch nichts erspart!"* Dann schloss sie ihr Baumhaus zu und schwebte in die Luft mit leisen Flügelschlagen. Auch der Himbeergeist machte es ihr gleich, und sie brachen auf. Sie flogen aus dem *Märchenwald der Sinne* über die sieben Hügel hinter den sieben Bergen bis hin zum Land der Riesen. Noch bevor sie tatsächlich ihr Ziel erreichten, hörten sie schon das ohrenbetäubende Gezeter der Riesen und alles wackelte wie bei einem Erdbeben.

Was sich aber dann ihren Augen bot, machte die beiden Angekommenen sprachlos und fassungslos zugleich. Jeder Felsenstein war zerbröckelt oder zerschmettert. Die Riesen blutüberströmt, ihre Kleidungen zerfetzt und die Stofffetzen hingen nur noch an ihren muskulösen Körpern herunter. Ihre dunkelbraunen

Haare waren zerzaust und teilweise herausgerissen. Überall lagen verteilt ihre Haarbüsche herum.

Zuerst fand Holla die Waldfee ihre Sprache wieder und meinte bedrückt: *„Bei allen Waldgeistern, was ist denn in Euch gefahren? Seid Ihr noch bei Trost?"* Dreimal wiederholte sie ihre Worte, bis die acht Riesen aufhörten, sich weiter mit den Fäusten zu schlagen und in ihre Richtung schauten. Doch anstatt ihre Fragen zu beantworten, schrien sie durcheinander und forderten: *„Stör uns nicht! Das ist unsere Angelegenheit. Was mischt du dich ein? Verschwinde! Oder ... wir zertreten dich wie Unrat!"*

„Habt Ihr Strohköpfe nicht genug Grips in der Birne? Wie könnt Ihr Euch nur gegenseitig so behandeln und verletzen? Wieso glaubt Ihr, dass einer von Euch die Goldstücke vertauscht hat? Ihr seid eine große Familie. Überlegt lieber, wer es wagen würde Euch zu hintergehen und zu betrügen", mischte sich der Elfenkönig Waldmeister ein, der plötzlich wie aus dem Nichts erschien und vor ihnen auftauchte. Sein braungrünes Elfengewand flatterte um seinen schmächtigen grünen Körper und seine goldene Blätterkrone schimmerte im Sonnenlicht, während sein faltiges Gesicht seinen Unmut eiskalt widerspiegelte.

Die acht Riesen schienen nicht begeistert zu sein von seiner Kritik und bauten sich vor ihm in ihrer vollen Größe auf. Es wirkte total komisch, der winzige Elfenkönig mittendrin, als die Riesen ihn umkreisten und grimmig brummten.

Holla die Waldfee befürchtete, dass das Ende des Elfenkönigs gekommen sei. Deshalb rief sie panisch aus: *„Lasst ihn in Ruhe! Er hat recht! Anstatt dass Ihr uns bedroht und Euch dann weiter die Köpfe einschlagt, überlegen wir gemeinsam, wer Euch diese falschen Goldstücke angedreht hat."*

„Ich kenne nur einen der am liebsten mit Goldstücke bezahlt, und das ist Xavadu, nicht wahr?", antwortete der Himbeergeist und hatte sofort die Aufmerksamkeit aller Anwesenden auf sich gezogen. Daraufhin starrten sich die Riesen gegenseitig an, als ob

sie von Thor einen Blitzschlag erhalten hatten, als Rache für den Donnersturm und riefen wie aus einem Mund: *„Oh jaaaaahhhh!"*

„Wir sollten ihn aufsuchen und ihn zur Rede stellen!", riet Holla die Waldfee erleichtert und deutete in die Richtung zum Hügel, wo er lebte. Ohne sich abzusprechen, machten sie sich auf den Heimweg. Damit sie ihr Ziel noch schneller erreichten, angelten drei Riesen nach ihren winzigen Begleitern, die sich dann an deren Zeigefingern festklammerten, um nicht herunterzufallen. Mit riesigen Schritten bewegten sie sich vorwärts und erreichten innerhalb von zehn Minuten das Gebiet, wo Xavadu zuletzt hauste.

Zuerst fehlte jeder Spur von ihm. Aber plötzlich kam er mit einem hellbraunen Sack über die Schulter gehievt daher. Verwundert verzog er das Gesicht und tat trotzdem so, als ob niemand da wäre. Er stiefelte zu seiner Behausung und ignorierte weiter die Riesen mit ihren Begleitern. Doch lange konnte er es nicht verleugnen, denn der Riesen-Anführer Makrone entriss ihm den Sack und zerfetzte ihn mit seinen Fingern. Sofort rollten zahlreiche Goldstücke über seine Füße und die meisten kullerten anschließend den Abhang hinunter.

Ein Goldstück rollte direkt vor Holla die Waldfee. Sie hob es auf, kratzte daran und pustete eine Schicht weg. Sofort schimmerte die wahre Kupfersubstanz hindurch. Stolz präsentierte sie es diesem Betrüger, der nur überrumpelt und mit knallroten Kopf ihrem Blick auswich. Mit voller Wucht warf sie ihm das Goldstück mitten ins Gesicht.

„Ey, spinnst du!", brüllte Xavadu inzwischen entrüstet, bückte sich und sammelte, die letzten Goldstücke auf, um sie in seine Hosentaschen verschwinden zu lassen. *„Was fällt Euch ein?"*, versuchte er mit seinen Worten abzulenken. Dies beeindruckte keinen der Anwesenden. Elfenkönig Waldmeister brachte es schließlich auf den Punkt. *„Xavadu, du bist der Einzige im gesamten Märchenland, welcher bevorzugt mit Goldstücken bezahlt! Auch uns hast du damit beglückt. Wie wir jedoch feststell-*

ten, ist dein Gold nicht echt, sondern nur angepinselt. Wieso betrügst du uns? Wir haben alle fair mit dir gehandelt. Aber du bereicherst dich und hintergehst uns schamlos, du mieser Scharlatan!"

Ehe er sich rechtfertigen konnte, packte ihn der kleinste Riese Minze, riss ihn hoch und schüttelte ihn so lange durch, bis noch mehr Goldstücke auf dem Boden landeten und wiederum die Böschung hinunterrollten. Erst dann setzte er ihn ab.

„Dafür sollst du nun büßen! Niemals mehr wirst du mit deiner Betrugsmasche durchkommen! Wir Riesen werden dir beibringen ehrlich zu sein, sonst ist dein Leben verwehrt", antwortete Minze.

„Nur durch deine Handlung ist ein Nussbaum zerstört worden", jammerte Holla die Waldfee. „Leider hat der Blitz eingeschlagen und ihn für immer gespalten, weil die Riesen sich an den Kragen gingen und sich stritten wegen deinem gefälschten Gold! Deshalb konnte erst dieser gewaltige Gewittersturm entstehen und den Blitz erzeugen."

„Auch dafür musst du Betrüger bezahlen! Du wirst erst von jeder Schuld freigesprochen sein, wenn du einen neuen Nussbaum im Märchenwald der Sinne gepflanzt hast. Doch dafür wirst du ins Land der riesigen Flugdrachen reisen müssen, um ihnen eine kostbare Haselnuss abzujagen. Schließlich sind sie die Hüter aller Haselnüsse seit Urzeiten!", verkündete der Himbeergeist und die Riesen nickten als Bestätigung. Der Scharlatan versuchte noch zu flüchten. Aber dies verhinderten die Riesen spielend und nahmen Xavadu in Gefangenschaft, bis er freiwillig ins Land der Flugdrachen aufbrach.

Ja, und es dauerte fünf ganze Jahre bis Xavadu geläutert war und einen neuen Nussbaum gepflanzt hatte unter der genauen Aufsicht der Pilzarmee. Der neu gepflanzte Nussbaum gedieh und wuchs schließlich bis hoch hinauf zum Himmel. So kehrte endlich der uralte Baumgeist von einst wiedergeboren zurück und beseelte ihn mit seinem geistigen Atem.

Seitdem hatte Xavadu keinen mehr betrogen oder belogen und zeigte nie mehr seine Lügenfresse, sondern eignete sich beim Orakel das wahre Wissen an, vereinigte sich sogar mit ihm und galt nun als weiser Berater aller Märchenwesen. Seine Scharlatan-Laufbahn ließ er für immer hinter sich und bereute zutiefst seine Vergangenheit. Somit fand er bei dem *Schöpfer aller Dinge* Vergebung für seine Missetaten und lebte jetzt glücklich und zufrieden in der Märchenwelt.

Dadurch zog im *Märchenwald der Sinne* wieder das Glück, die Ruhe, der Frieden und die Freiheit für alle Märchengestalten ein, sodass wieder ein fröhliches Treiben der Waldbewohner stattfand. Besonders wunderbar erklang seitdem die Waldhymne, die alle Sinne der Märchenwesen umschmeichelte und ihnen ein fröhliches Lächeln ins Gesicht zauberte bis zum heutigen Tage.

Gefangen in der Scheinwelt

*I*n der dunkelsten Zeit aller Zeiten auf der Welt lebten Milliarden Bürger in einer vorgegaukelten Scheinwelt des Wohlstandes und der Kaufsucht. Oder in der totalen Armut und im Hunger.

Viele Personen häuften unnötige Dinge an, um mit ihren Mitmenschen zu konkurrieren. Wer dies nicht konnte, wurde belächelt, ausgegrenzt und sogar verstoßen. Leider sahen diese Personen nicht die Schönheit der Natur oder des reinen Herzens, die sie überall umgab. Wer offen für diese wunderbare Welt in ihrer Pracht war, der führte ein zufriedeneres Leben als alle anderen.

Nein, diese Bürger waren blind für die wahren Werte wie die bedingungslose Liebe, das Teilen, die Hoffnung und der unerschütterliche Glaube an den Schöpfer sowie an die Gerechtigkeit. Lieber liefen sie nur dem Erfolg, dem Neid, dem Ruhm und der Habgier hinterher wie ein treues Hündchen seinem Herrn.

Die Wahrheit war keinen Pfifferling mehr wert und die Unwahrheit breitete sich wie eine schreckliche ansteckende Krankheit konsequent aus. Jeder, der nicht diese erfundene Wahrheit teilte, war der Feind und dem Hass ausgesetzt. Denn die Kaltherzigkeit und die Spaltung regierten mit eisernem Zepter gefühllos, gewissenlos und sogar seelenlos, obwohl die meisten nur fehlgeleitet waren durch den mächtigen Betrug der Schlange.

Alles wurde verdreht und zurechtgebogen, damit es besser ins Konzept passte, um die Lüge tief zu verstecken, damit jeder nur diese vorgetäuschte Wahrheit erkannte und akzeptierte. Alle anderen wurden ausgegrenzt, beschimpft, verunglimpft und kriminalisiert, als ob sie ansteckend wären wie bei der Pest.

Doch es gab so viele reine Seelen, die sich weder täuschen, betrügen, herausfordern oder erpressen ließen. Denn sie erkannten und entlarvten die hinterhältige Schlange. So fanden sie schnell heraus, dass sie plante die Welt in den Untergang zu führen, um das Volk zu unterjochen und es am Ende ganz zu zerstören, damit endlich Gottes Plan scheiterte.

Doch diese auserwählten Seelen waren kostbare Funken Gottes, in diese Scheinwelt hineingeboren, um als Kämpfer des Lichts zu agieren. Gestärkt von bedingungsloser Liebe, und angetrieben von der Wahrheit mauserten sie sich zu Aufklärer und Protestlern. Sie kämpften, obwohl sie verunglimpft, verprügelt und sogar getötet wurden. Sie nahmen tapfer diese Schandtaten und Blessuren hin und ließen niemals locker für die Wahrheit einzustehen, denn ihr größter Schatz war der Schöpfer in ihrem Rücken. Ihr Schutzschild war ihr Glaube an die Gerechtigkeit und ihr Schwert die Wahrheit, welche sie weltweit verbreiteten.

Durch ihre Hartnäckigkeit siegte immer mehr das Licht, und die Wahrheit drang durch jeder winzige Ritze hindurch, die überall erstrahlte wie pures Gold. Sie drängte die Finsternis weit hinfort, und der Schleier fiel in sich zusammen wie ein Kartenhaus. Jeder einzelne Bürger sah nun die widerliche Fratze der Schlange, die es wagte, wie es geschrieben stand, das *Malzeichen des Tieres* zu verbreiten, damit ohne dieses Symbol keiner mehr kaufen oder verkaufen konnte.

Doch der Hass und die Spaltung brach ein wie bei einem zugefrorenen See, und die Wahrheit überstrahlte alles in einem wunderbaren Glanz der Reinheit, vereint mit der wahren Liebe. So besiegten alle Bürger zusammen den Erzfeind, da sie sich jetzt zu *Ritter des Lichts* entpuppten. Gemeinsam zertraten sie die hinterhältige Schlange wie Unrat, damit ihr die Wiederkehr unmöglich wurde.

Von diesem Zeitpunkt an verwandelte sich die Scheinwelt für die Bürger in ein wahres Paradies der Gemeinsamkeit und Liebe für die Natur und für die Tierwelt. Fort an lebten sie im Frieden und Einklang mit jedem Geschöpf, weil ihre innere Zufriedenheit ihnen die wahre Freiheit schenkte, die der Schöpfer ihnen seit Anbeginn versprochen hatte.

Sandmanns Bruder

$\mathcal{D}$er alte, grauhaarige Sandmann mit Spitzbart und seinen hellbraunen Sandsäcken über den Rücken gestülpt, freute sich sehr, als sein Bruder auf einem kräftigen schneeweißen Pferd angeritten kam, mit einem Horn zwischen den Augen und goldenes Geschirr. Der Reiter, der eine Sense am Rücken geschnallt trug, nickte und winkte ihm freudenstrahlend zu. Wer von beiden prächtiger war, da stritten sich die Experten bis zum heutigen Tage. Also ein wahrer Hingucker.

„Schön, dass du da bist, Bruder Sensenmann!"

Als sein Bruder dies hörte, sprang er geschmeidig von seinem Pferd herunter und schritt stolz wie ein Prinz bei seiner Hochzeit auf ihn zu. Von wegen wie böse Zungen behaupten, er wäre ein klappriges Knochengerüst zum Fürchten.

„Die Freude ist meinerseits! Wir sind beide immer so beschäftigt, du vor allem in den Abendstunden, obwohl es überall Abendstunden gibt, und ich Tag und Nacht."

„Wohl wahr, Bruder Sensenmann! Unsere Arbeit kennt kein Ende. Deshalb bin ich besonders froh, dass wir uns endlich einmal besprechen können."

Der Sensenmann blickte seinem Bruder tief in die Augen, während er sich am Kinn kratzte und fragte: *„Gehen dir etwa die Geschichten aus, welche du all denen erzählst, bevor sie ins Land der Träume sinken? Ich dagegen bin im Vorteil, da ich nur zwei Geschichten zum Besten geben muss, wenn ich meine Pappenheimer hole. Die eine ist wunderbar für die lieben und die andere furchteinflößend für die bösen Menschen. Das hat sich der liebe Gott toll ausgedacht, um die Spreu vom Weizen zu trennen."*

Der Sandmann grinste breit, und es blitzte in seinen Augen wie zu seiner Jugendzeit, als sein Bruder ihn auf dem Arm nahm und er antwortete schnell: *„Wenn, es doch so einfach wäre! Nein, mir gehen niemals die Geschichten aus, ich schöpfe immer aus dem Vollen, dank des lieben Gottes, der mir die Fantasie und Inspiration geschenkt hat. Aber sag mal, ist dir nicht aufgefallen, dass fast alle Menschen plötzlich unter unbegründeter Todesangst leiden?"*

„Ja, vielen fürchten sich vor mir seit Anbeginn der Zeit, da ich sie ohne Mitleid ins Reich des Todes reiße, das ist mir nicht neu! Dabei brauchen sie es nicht, weil es nicht schlimm ist und auch gar nicht weh tut, wenn sie mit ihren Seelen den Übergang vollziehen, um heimzukehren ins Jenseits. Aber der Teufel hat sie in diesem Punkt beschwindelt und nun glauben sie all seine Horrorgeschichten über mich. Wie furchtbar", jammerte der Sensenmann und seine Mundwinkel kippten nach unten.

„Ja, dieser hinterhältige Geselle schreckt vor nichts zurück! Trotzdem ist das Zeugnisbuch nicht erlogen."

„Natürlich hast du Recht, Bruder Sandmann! Für diesen Menschenschlag stimmt es, was er über mich zum Besten gibt, denn deren Zeugnisse sind missraten mit Böswilligkeit, Habgier, Neid, Hass und Mord. Eben alle kriminellen Geschöpfe, die sich gegen die Liebe und die Menschlichkeit verschworen und sich dem Teufel unterworfen haben mit ihren verkommen Seelen, die sie ihm verkauften für Reichtum und Macht."

Jetzt stöhnte der Sandmann genervt und stieß seinen Bruder an, während er meinte: *„Das weiß ich! Auch das meine ich nicht."*

„Du sprichst in Rätseln, Bruderherz? Was meinst du dann?"

„Ist dir nicht aufgefallen, dass viele sich vor einer neuen Seuche fürchten und meinen auf der Stelle zu sterben, wenn sie sie überhaupt erwischt? Dieser Wahnsinn breitet sich aus wie ein Lauffeuer und raubt ihnen sogar den erholsamen Schlaf und das logische Denken gleich mit. Sie leben nur noch in Panik und Todesangst, während sie denken, dich jeden Moment auf deinem weißen Pferd zu erblicken."

„Nein, das ist mir noch nicht aufgefallen! Sollte es etwa? Mir ist nicht bekannt, dass durch eine neue Plage wie zum Beispiel ... die Pest ... ihr Leben verloren haben. Aber warte ..., seit ein paar Monaten ... versterben viele an einer komischen Medizin, wo sie glauben mir dadurch zu entkommen. Wie dumm sie doch sind! Ich hole sie nur, wenn ihre Uhr abgelaufen ist. Den Rest der Zeit brauchen sie sich keine Sorgen zu machen oder in Todesangst zu verfallen. Doch nicht wegen dieser neuen Seuche, von der ich kaum etwas bemerkt habe. Unfassbar, einfach nur unfassbar was auf Erden abgeht!“

Der Sandmann schlug seinem Bruder Sensenmann auf die Schulter und murmelte*: „Du sagst es, Bruder! Aber es gibt Menschen, die das Gleiche sagen. Diese versucht man mundtot zu machen. Hilft nichts, denn sie wissen Bescheid und fürchten sich nicht vor dir, weil sie die Wahrheit kennen und lassen sich deshalb nicht in die Irre führen. Sie leben einfach ohne Angst weiter und versuchen das Beste aus der Situation zu machen.“*

„Mundtot machen, das obliegt nur meiner Wenigkeit!“, meckerte der Sensenmann entrüstet und drohte mit der Faust, bevor er zu seiner Mitte zurückkehrte und weiter fortfuhr: *„Diese Menschen können bestimmt gut einschlafen, oder?“*

„Ja gewiss, das können sie und sie freuen sich auf mich, wenn ich ihnen eine neue Geschichte erzähle. Leider sind es zu wenige. Hast Du vielleicht eine Idee, wie wir den anderen helfen könnten, wieder gut einzuschlafen?“

Der Sensenmann zuckte mit den Schultern und der Sandmann sah seinem Gesicht an, wie er überlegte und überlegte, bis er vergnügt ausrief: *„Ich weiß es!“*

„Geliebter Bruder, lass dir doch nicht alles aus der Nase ziehen!“

„Also gut, wir haben zwei Möglichkeiten: Plan eins: Zu den ängstlichen Menschen gehen wir gemeinsam und du stellst mich ihnen vor.“

„Ach, du meine Güte ... sie werden dich als Gevatter Tod erkennen und in noch mehr Panik verfallen. Ich höre sie schon schreien, dass mir die Ohren platzen!"

„Nein, nein! Hör mir weiter zu! Das wirst du verhindern, indem du mich ihnen als deinen Sandmann Bruder vorstellst und wir ihnen dann gemeinsam klarmachen, dass sie sich nicht fürchten müssen. Zuerst berichte ich ihnen, dass sie sich vor der neuen Seuche nicht zu ängstigen haben, weil nur sehr wenige schwache, kranke und alte Menschen ihr erlegen. Dann fange ich anstatt deiner Wenigkeit an, meine beiden Geschichten zu erzählen. Sie werden dadurch garantiert die Angst vor mir verlieren, wenn sie merken, dass von mir keine Gefahr ausgeht, wenn sie sich der Liebe anschließen und sich gegen das Böse stellen, sowie für die Wahrheit einstehen."

„Warte ... du sprachst von zwei Möglichkeiten!"

„Natürlich sind es zwei Möglichkeiten ... die bösen Menschen vergessen wir dabei ebenso nicht. Wir besuchen sie selbstverständlich in ihren Gemächern. Pass auf, denn denen werden wir das Fürchten richtig lernen für das, was sie den armen Menschen bis jetzt angetan haben. Sie werden, solange sie noch leben keine einzige ruhige Nacht mehr haben, denn bevor sie einschlafen, wirst du ihnen die grausigsten Geschichten erzählen, die du kennst. Diese werden schließlich zu ihren Albträumen münden. Sie werden dadurch miterleben, wie ich sie jede Nacht auf mein Pferd zwinge, bis ich sie endgültig abhole und mit ihnen direkt in die Hölle reite."

„Deine beiden Pläne sind genial, Bruderherz!"

Wieder nickte der Sensenmann, schlug jetzt seinerseits dem Sandmann auf die Schulter und lächelte verschmitzt, während er äußerte: „Bruderherz, Gerechtigkeit obsiegt immer und keiner entkommt weder dir noch mir!" Danach deutete er mit einer einladenden Gestik an, ihm auf sein Pferd zu folgen. Der Sandmann verstand es, grinste wieder breit und beide gingen auf das Pferd zu.

So ereignete es sich, dass die beiden Brüder der kleine Tod und der große Tod auf einem Pferd zusammen ritten und sich jedem Menschen näherten, um sie aufzuklären und ihnen endgültig für immer die Angst vom Sterben zu nehmen.

Der Tod

Der Tod mit seiner scharfen Sense in der rechten Hand sitzt vor der Stadtmauer und lehnt sich an. Er wartet geduldig ab, bis die Sommersonne hoch am Zenit steht. Erst dann plant er, sich auf den Weg in die Stadt zu machen. Doch, bevor er tatsächlich aufbricht, kehrt plötzlich ein Reisender in seine Heimatstadt zurück mit lauter Schweißperlen auf der Stirn. Der Mann starrt seufzend wie besessen auf den Tod und stoppt überrascht seine Schritte, setzt sich zu ihm und fragt interessiert: *„Was tust du hier?"* Der Tod antwortet leise, während er ihn nicht aus den Augen lässt: *„Ich gehe zur Mittagszeit in die Stadt und hole mir 100 Bürger!"*

Der Reisende springt erschrocken auf, rennt wie von einem Rudel Wölfe gejagt in die Stadt und ruft warnend: *„Der Tod wird gleich herkommen und 100 Bürger wegholen und mitnehmen!"*

Daraufhin rennen alle Bewohner panisch in ihre Häuser und sperren sich über viele Wochen ein, um dem gefährlichen Sensenmann zu entkommen.

Inzwischen sterben aber 5000 Bürger der Stadt. Als der Reisende wieder in die Welt hinaus muss, um neue Länder zu besuchen, verlässt er schließlich die Stadt. Dabei entdeckt er, dass der Tod immer noch an der gleichen Stelle sitzt und ihn erneut beobachtet. Sofort wird sein Herz von glühender Wut erfasst und er brüllt den Tod zornig an: *„Du wolltest 100 Bürger aus der Stadt holen, aber es waren insgesamt 5000!"*

Der Tod antwortet ruhig: *„Ich habe wie gesagt meine 100 geholt, Kranke und Alte, wie jede Woche. Den Rest hat die Angst geholt, für die, nur du verantwortlich bist!"*

Überlieferung

Die Macht des Dämons

*E*s war zu einer Zeit, als ein unsichtbarer Dämon die Menschen in ihren Häusern einsperrte. Jeder meinte, ihn zu kennen, doch keiner hatte ihn je gesehen. Wer die Pforten öffne, der wäre sofort mit dem Tod bestraft. Zur gleichen Zeit saß der kleine Neugier hinter seiner verriegelten Holztür und weinte bitterlich. Seine Großmutter hatte nicht mehr lange zu leben und wollte ihm noch das Geheimnis des Lebens verraten. Da schlich er heimlich aus dem Haus, rannte durch den dunklen Wald und erreichte das kleine Häuschen seiner Großmutter.

„Neugier,", sprach sie, *„höre immer auf deine innere Stimme. Sie bewahrt dich vor den Ängsten des Lebens. Vergiss deine Freiheit nicht, sonst wird der Dämon dich beherrschen."* Dann stab sie.

Neugier war sehr traurig, doch dann schlich er zurück ins Dorf zu seinen Freunden hinter den verriegelten Türen und erzählte von den Zauberworten seiner Großmutter. Einer nach dem anderen verließ das Haus, folgte ihm und plötzlich waren es so viele, dass sie auf den Weg sangen, tanzten und lachten. Der Tod verließ zornig das Dorf und der Dämon verschwand für immer.

Verfasser unbekannt

Danksagung

Ich bedanke mich bei jeden ganz herzlich für die großartige Unterstützung, welche mir geschenkt wurde und es mir so ermöglichte mein Werk tatsächlich zu veröffentlichen.

Ein ganz besonderes Dankeschön geht an all meine Leser, die sich gemeinsam mit diesem Buch auf die Reise durch meine erdachten Märchenwelt begeben.

Somit bleibt mir jetzt nur allen viel Spaß beim Lesen zu wünschen!

Ihre

Halina Monika Sega

Blauelieschen steht für die Wahrheit ein

Inhaltsangabe